MÉMOIRES

DE

MADAME LA MARQUISE

DE CRÉMY.

De l'Imprimerie de CHARLES, rue de Seine.

avis que le Libraire, après
impression, n'a pas jugé à
propos de conserver, de
manière que six à huit exemplaires
au plus des Mémoires de Mad.
de Crequy, contiendront ces
avis : /.

A PARIS,

Chez LÉOPOLD COLLIN, Libraire,
rue Gît-le-Cœur, n° 4.

M DCCC VIII,

MÉMOIRES

DE

MADAME LA MARQUISE

DE CRÉMY,

ÉCRITS PAR ELLE-MÊME.

TOME PREMIER.

A PARIS,

Chez LÉOPOLD COLLIN, Libraire,
rue Gît-le-Cœur, n° 4.

M DCCC VIII,

AVIS DE L'ÉDITEUR.

Après avoir lu les Mémoires de madame la marquise de Crémy, nous les avons jugés dignes d'être réimprimés.

La meilleure préface que nous puissions y faire, est l'extrait qui en a été donné dans la *Bibliothèque des Romans*, lors de la première édition de cet intéressant Ouvrage.

« Mademoiselle de Mosan, réunissait
» les avantages de la naissance et de la
» beauté. Elle était, comme tant d'au-

A

» tres, destinée à voir tromper les espé-
» rances que donnent les premiers biens
» de la vie. Le caractère d'un père faible
» et peu sensible, celui d'une mère étour-
» die, coquette et très-impérieuse, lui
» préparaient ces chagrins journaliers
» qui font désirer la tranquilité que pro-
» met un couvent : cette espèce d'asile
» contre des peines trop vraies, devait
» successivement lui inspirer des idées
» très-fausses; elle devait, dans la re-
» traite, se peindre le monde comme
» il n'est pas. Reproduite dans ce monde
» qu'on ne connaît bien ni de près, ni
» de loin, elle devait se faire de tristes
» épreuves, se plaindre de sa sensibi-
» lité, se reprocher sa confiance, se
» craindre elle-même, et trouver son
» malheur dans tous ses projets de bon-
» heur : elle avait cependant une res-
» source précieuse; c'était l'amitié d'une
» personne très-éclairée, qui, du sein
» de la retraite où elle avait commencé

» à former son esprit, pouvait veiller sur
» les mouvemens de son cœur, et la
» prémunir contre les dangers dont elle
» était environnée. Cette ressource eût
» pu suffire à d'autres, avec la confiance
» qu'elle avait et qu'elle confondait
» avec ses devoirs, tant elle était ex-
» trême; mais, quoiqu'on en dise, la
» destinée dépend rarement de la con-
» duite, souvent même elle prévaut con-
» tre toutes les précautions que l'on peut
» prendre; et tous les secours que ma-
» demoiselle de Mosan put trouver dans
» les lumières les plus pures, et dans
» l'amitié la plus active et la plus pré-
» voyante, ne l'empêchèrent pas d'avoir
» beaucoup à souffrir de la trempe de
» son ame et de ses vertus mêmes.

» L'amie dont je fais ici l'éloge, quoi-
» que ses succès ne répondissent pas à
» ses soins, était madame de Reuelle,
» religieuse respectable, aussi intéres-
» sante par l'esprit, que par le senti-

» ment ; qui écrivait dans la retraite
» comme on écrit dans le monde, et
» dont on pourrait dire que la raison
» avait un attrait auquel il était difficile
» de résister. Mademoiselle de Mosan,
» après avoir été retirée du couvent, se
» communiquait à elle comme on se li-
» vre à une mère qu'on adore ; ses let-
» tres obtenaient toujours les réponses,
» qu'avec une ame honnête et un esprit
» éclairé, on voudrait faire soi-même
» à l'innocence qui s'instruit ou à l'im-
» prudence qui s'accuse. On est si con-
» tent de les lire, que l'on partage la
» reconnaissance de celle qui les reçoit ;
» elles sont si étendues, sans longueurs ;
» si méthodiques, sans pédantisme ;
» qu'en les lisant on est dispensé de
» connaître les lettres qui y donnent
» lieu.

» Le ton général de cette histoire est
» très-sérieux : l'intérêt n'y est pas très-
» vif ; il en approche plus de la vérité ;

» on croit réellement être au sein d'une
» famille. Les évènemens y naissent des
» caractères : on aurait pu les multiplier
» davantage. L'auteur, apparemment,
» a craint de se rapprocher trop de la
» fiction ; il a peut-être craint aussi
» qu'une étourdie, dont il a voulu faire
» un personnage tranchant, ne ressem-
» blât trop aux charmantes amies de
» Clarisse et de Julie, si la vivacité
» d'esprit ne l'emportait pas au-delà des
» bornes de la simple étourderie : il en
» a fait une espèce d'impudente. Ce ca-
» ractère est trop développé ; ses maxi-
» mes sont hardies, ses leçons sont fré-
» quentes ; c'est à mademoiselle de Mo-
» san qu'elles s'adressent. Le contraste
» que ce genre d'éducation forme avec
» les sages conseils de madame de Re-
» nelle, attache le lecteur, et il ne
» s'apperçoit plus que beaucoup de pa-
» ges et beaucoup de lettres, ne con-
» tiennent que peu d'événemens. »

vj

Le nom de l'auteur nous est inconnu ; son ouvrage n'honore pas moins son cœur que son esprit.

L. C.

MÉMOIRES

DE Mᵐᵉ LA MARQUISE

DE CRÉMY.

Comme j'écris moins pour parler de moi que dans la vue d'être utile aux autres, je passerai légère-
-ment sur mon rang, ma naissance et mon enfance : les uns ne sont dus qu'au hasard, il est extravagant de s'en glorifier ; l'autre est presque toujours un temps perdu, on ne peut pas se flatter qu'il intéresse.

Le comte de Mosan, mon père, était bon, humain et vertueux ; ces qualités inestimables me rendant sa mémoire beaucoup plus chère que

1

ses titres et les grades militaires auxquels il était enfin parvenu, après y avoir aspiré long-temps. L'ambition paraissait moins en lui une passion qu'un amour bien entendu de ses devoirs : néanmoins, pour les remplir avec dignité, il ne laissa pas que d'altérer beaucoup sa fortune, malheur trop commun en France pour ceux qui s'attachent à suivre le service. Ses amis lui conseillèrent de prévenir par un établissement avantageux l'impossibilité de s'y soutenir, dans laquelle il était près de tomber. Chacun d'eux s'empressait à lui communiquer ses vues ; les siennes se fixèrent moins sur la personne la plus riche, que sur celle qui lui parut la plus propre à remplir son cœur, et au lieu d'un mariage de convenance, il fit presque un mariage d'inclina-

tion. Ma mère avait cependant du
bien, mais pas assez pour subvenir
à l'augmentation de la dépense qu'entraîne nécessairement une maison
du bon ton. Peu de femmes jeunes,
jolies et aimables savent régler leurs
désirs, quand d'un côté tout semble
concourir à les exciter, et que de
l'autre on s'empresse à les satisfaire.
La Comtesse ne faisait pas exception. Elle aimait le monde prodigieusement. Sa figure, ses graces, ses
talens, plus encore que son esprit,
l'y faisaient briller. Mon père jouis-
sait de son bonheur. Il l'aimait éper-
dument. Les premières années de
leur union se passèrent ainsi dans les
fêtes et les plaisirs; on juge que les
affaires n'en allaient pas mieux. Un
de ses amis vrai et solide, que le
Comte s'était attaché par des servi-

ces essentiels, osa plusieurs fois lui
faire des représentations. Mon ami,
lui répondait-il, je n'ai point d'enfans, mes collatéraux n'ont point
d'autres héritiers que des collatéraux
très-éloignés, j'avance en âge, ma
carrière ne peut pas être longue,
ma femme est tout ce que j'ai de plus
cher dans le monde, ses goûts sont
devenus les miens; je vois que la
dépense et la dissipation sont né-
cessaires à son bonheur, le mien est
de la rendre heureuse. Que m'importe de laisser des fonds après moi?
Mon parti est pris là-dessus; je n'é-
pargnerai que ceux qui ne peuvent
pas lui être ravis : peut-être n'aurai-
je pas le temps de lui sacrifier entièrement tous les autres, car vous
savez que j'ai reçu des blessures qui
ne pardonnent guère. Au surplus, si

vous pensez que j'ai tort, ce n'est pas moi qu'il faut essayer d'en convaincre, c'est la Comtesse, qu'il faudrait amener à goûter une vie moins tumultueuse et plus réglée ; elle me conviendrait mieux à tous égards. Je m'aperçois souvent que la joie me fuit au milieu de tous ces plaisirs bruyans, mais ma femme les aime, et ma femme est mon univers... J'admire le désintéressement et la générosité de vos procédés, reprenait M. de Prévalle, mais qui vous a dit que vous n'aurez point d'enfans ? La Comtesse est jeune; s'il vous en venait, que de regrets n'auriez-vous point ! Cette réflexion embarrassait le Comte. J'y ai songé quelquefois, disait-il à son ami ; j'ai même cru pendant un temps que cela manquait à ma félicité. Les années se sont

écoulées, et mes désirs à cet égard
se sont affaiblis. Quoique je sois plutôt l'amant de la Comtesse que son
mari, je l'ai étudiée autant que l'a-
mour me l'a permis, et je crois pouvoir la juger sans partialité comme
sans aveuglement. Elle est vive, aimable, enjouée, faite pour plaire ;
son cœur est excellent ; mais je
crains que son ame ne soit un peu
faible ; j'en juge par le peu d'attrait
qu'ont pour elle les choses solides.
Jamais elle n'aura le courage d'im-
moler un quart d'heure de plaisir à
l'ornement de son esprit, ni au bien
de ses affaires ; comment prendrait-
elle sur ses affections pour se donner
aux soins qu'exige l'éducation d'un
ou de plusieurs enfans ? Mon ami,
je ne m'y trompe pas ; j'ai une maîtresse charmante, mais peu propre

à faire une mère de famille. La providence m'a mieux servi que je ne voulais en ne me donnant point de postérité; et tel est mon faible, que je regretterais aujourd'hui d'en avoir; il m'en coûterait trop à contraindre et à borner les désirs de la Comtesse.

M. de Prévalle comprit qu'il ne gagnerait rien sur l'esprit de mon père, que le plus court était de s'emparer de celui de la Comtesse; il saisit l'idée que mon père lui-même avait paru lui offrir; les difficultés d'ailleurs ne l'effrayaient pas. C'était un de ces amis chauds, capable des plus grandes choses; il devait sa fortune à mon père; depuis dix ans il vivait habituellement chez lui; la réconnaissance doublait l'intérêt de l'amitié, et il avait sacrifié son propre

bien être au désir de le servir en re-
tirant la Comtesse du tourbillon qui
tôt ou tard devait entraîner la ruine
de leur fortune. On sent qu'il avait
besoin de beaucoup d'art pour masquer un dessein que la Comtesse aurait pu facilement renverser par l'as-
cendant qu'elle avait sur mon père.
M. de Prévalle prévit et brava tout.
Il avait infiniment de l'esprit, beaucoup de connaissance du cœur humain, des mœurs austères, une probité irréprochable, le cœur bon,
mais le caractère un peu dur. La vérité était une pour lui, il ne croyait
pas qu'il y eût deux manières de la
présenter aux autres ; cette vertu,
dont les mœurs du siècle ont fait un
défaut, semblait être un obstacle à
ses projets ; véritablement c'en eût
été un vis-à-vis d'une femme qui au-

rait eu plus de fermeté; mais en très-
peu de temps M. de Prévalle prit
sur elle tout l'empire qu'il voulut.
Mon père le voyait avec une satisfaction extrême; un évènement inat-
tendu y mit le comble, la Comtesse
devint grosse. Sous prétexte de ménagement, on la priva de tous les
plaisirs tumultueux; comme elle s'aimait par dessus toutes choses, on lui
fit craindre pour ses jours: insensiblement, en gagnant du temps, on
la forçait à l'habitude des privations.
Elle me mit au monde très-heureu-
sement; et aussitôt que sa santé le
permit, M. de Prévalle décida mon
père à l'emmener à la campagne.
Là, il cherchait encore à rassembler
le plus de monde qu'il pouvait pour
plaire à la Comtesse; mais le bonheur paisible dont il se proposait de

jouir, ne fut pas de longue durée ; une de ses plaies se rouvrit, et la mort me l'enleva avant que je pusse connaître tout ce que je perdais. Je tiens ces particularités de M. de Prévalle, auquel il me recommanda en mourant; comme elles sont de nature à jeter quelque jour sur ce que je me propose d'écrire, j'ai cru qu'elles en devaient être le préliminaire.

La Comtesse, abandonnée à elle-même dans un endroit presque isolé, me regarda comme un présent de la Providence. Mon enfance lui fut singulièrement chère, jusqu'au moment où elle exigea des soins plus essentiels et plus suivis; ce fut beaucoup plutôt qu'on ne pouvait le croire. Née fort prématurée, mon faible discernement devança l'âge ordinaire. A peine vis-je d'autres jeunes personnes de mon âge, que je compris qu'on négligeait mon éducation. Dès qu'il s'agissait de la moindre partie de plaisir, la Comtesse m'abandonnait à ses femmes. Celles-ci ne me suggéraient que de mauvaises impressions, et me présentaient souvent de pernicieux exemples. Elles haïssaient souverainement M. de Prévalle, dont le pouvoir s'était accru à mesure qu'il était devenu nécessaire à la Comtesse. Tous les domestiques semblaient être ligués contre lui. A force de le noircir et de le déchirer devant moi, on était parvenu à me le rendre odieux. Dans bien des momens je croyais remarquer que la Comtesse regretait sa liberté; rarement ils étaient d'accord sur aucun objet, et les petites alter-

cations dont j'étais témoin, achevèrent de m'envenimer le cœur
contre lui. Pour toute dissipation,
il y avait trois jeunes gens au-dessus
de mon âge qui venaient me voir
quelquefois ; on s'aperçut que le
dernier de tous m'inspirait une préférence marquée : M. de Prévalle en
prit occasion de déterminer la Comtesse à me mettre au couvent. Par
ses soins je fus menée dans la meilleure Abbaye des environs, où une
fois entrée on me laissa manquer de
tout. La Comtesse parut m'oublier
presque entièrement; les religieuses
se plaignirent, je reçus enfin des
secours que j'appréhendai de devoir
à M. de Prévalle; mon amour-propre
en souffrait cruellement.

Il était écrit sant doute que je devais essuyer les peines de tous les

âges. Ces furent néanmoins sans contredit mes plus heureux jours. Formée de très-bonne heure, j'eus l'avantage de me faire aimer et estimer dans cette maison, et les marques de distinction que je recevais adoucissaient les rigueurs de mon sort. Une consolation vint encore s'offrir. A quelle ame sensible le besoin d'aimer ne se fait-il pas sentir? Je trouvai une fille de vingt-cinq à vingt-six ans, d'un excellent caractère, auquel elle joignait de l'esprit, des connaissances et de l'usage du monde; je m'attachai à elle, je lui donnai toute ma confiance, et la priai de m'aider à me conduire. J'avais alors quatorze ans; je voyais approcher avec regret le temps où je devais retourner auprès de la Comtesse. Effrayée de tout ce que je croyais lire de triste dans l'avenir, je voulais, j'étais même décidée à m'ensevelir dans le cloître. Madame de Renelle, qui venait de s'y sacrifier, me parla plus en femme du monde qu'en fille de son état; elle me représenta d'abord tout ce qu'il y avait de dur et de rebutant dans le parti que je voulais embrasser; puis, après avoir étudié mon caractère, elle me dit un jour: Je pénètre vos motifs, et pour vous convaincre de leur futilité, je veux vous apprendre à mieux connaître votre propre cœur.

Vous voilà dans l'âge où cette étude devient absolument nécessaire. Vous êtes née vive et tendre, deux écueils également dangereux. Le goût qu'intérieurement vous avez pour le monde pourrait, malgré toute l'honnêteté de votre ame, vous mener

très-loin, je ne dois votre attachement qu'au ton et à l'usage que je
n'ai pas encore perdu ici, et à la nécessité où votre cœur est de sentir.
Je vous ferai profiter avec plaisir
d'une expérience que je n'ai acquise
qu'à mes dépens. N'ayez rien de caché pour moi, et pendant l'année que
vous devez encore rester ici, je m'ap-
pliquerai à vous donner des notions
justes des choses qu'il est important
que vous sachiez, et à vous former
des principes qui fassent par la suite
la règle de toutes vos actions. Je
m'abandonnai absolument à ses conseils ; je me montrai à elle avec tous
mes défauts, elle corrigea ceux qui
étaient corrigibles, me donna des
armes contre les autres ; et, après
avoir fouillé dans les replis le plus
cachés de mon cœur, elle n'en fut

que plus convaincue que je n'étais
pas faite pour le genre de vie auquel
je me destinais. Il est un âge où l'on
ne doute de rien, c'était le mien ;
elle ne me persuada pas. L'année
expirée, j'écrivis à la Comtesse que
mon parti était pris de rester pour
toujours au couvent. J'imaginais
alors lui être si peu chère, que je ne
m'attendais pas à la moindre difficulté de sa part ; mais cette nouvelle
sembla réveiller sa tendresse ; elle
accourut toute en larmes avec M. de
Prévalle, pour me chercher ; nous
pleurâmes tous les trois ; et, après
bien des débats, M. de Prévalle me
voyant obstinée, décida qu'il fallait
me donner six mois pour réfléchir,
qu'après ce terme, je retournerais
avec la Comtesse. Des marques de
tendresse de sa part me parurent s

extraordinaires, que j'y fus très-sensible. Madame de Renelle en augura
bien, et m'exhorta à y répondre, en
lui faisant de bonne grace le sacrifice de ma prétendue vocation.

Pendant ces six mois, il survint
de grandes altercations entre la
Comtesse et M. de Prévalle ; j'en
fus informée par une dame de la
ville à laquelle ils m'avaient récom-
mandée tous deux : c'était la femme
de M. de St. Albin, magistrat très-
estimé, l'ancien ami et le conseil de
feu mon père. Les couleurs dont
cette dame me peignit leur désunion
habituelle me firent concevoir plus
d'envie que jamais de fuir l'abyme
que je croyais voir s'ouvrir sous mes
pas, en me faisant religieuse. Vaines résolutions, me disait madame
de Renelle, le caprice de la Comtesse

I   2

vous servira mieux que vous ne pensez. C'est lorsque vous voudrez disposer de vous-même, qu'elle sera
plus tentée d'user de ses droits.
D'ailleurs, croyez-moi, il vaut bien
mieux courir les risques des malheurs qui dépendent du hasard, que
de s'exposer au repentir.

A quelque temps de là, M. de
Prévalle partit pour Paris : comme
cela ne le détournait pas de beaucoup, il vint me voir avec le marquis
d'Olmane, l'aîné des trois jeunes gens
dont il a été question plus haut. Il
paraissait avoir vingt-deux à vingt-
trois ans. C'était une des plus jolies
créatures que j'aie jamais vu ; j'aurai occasion d'en parler dans la
suite. Le ton avec lequel je rendis
compte de cette visite à madame
de Renelle, lui persuada aisément

que j'en avais ressenti un plaisir
très-vif; elle me fit mille questions,
dont je ne sentais nullement la
finesse. Je n'entends pas bien, lui
disai-je, ce qu'exprime ce mot de
sensation, que vous répétez sans cesse
avec un air malicieux. Les éloges que
je fais de M. d'Olmane sont-très simples. Est-ce que vous voudriez en
conclure qu'il pourrait en résulter de
l'amour? Cela se pourrait sans mira-
cle, me répondit-elle. Il vous a plus
intéressée que vous ne pensez, et
vous vous embellissez en parlant de
lui. Destinée à vivre dans une terre
très-voisine de la sienne, vous le
verrez souvent; défiez-vous de votre
cœur, méfiez-vous des hommes en
général, et ne vous fiez à aucun en
particulier. Accoutumez-vous à jeter
les yeux sur votre intérieur, rendez-

vous chaque jour un compte exact de
vos pensées, de vos actions et de
vos intentions; c'est le meilleur préservatif que je puisse vous indiquer
contre les passions qui vous atten-
dent au passage comme les autres,
et peut-être plus que les autres. Songez bien qu'il ne vous reste plus
qu'un moment à être auprès de moi,
profitez-en. Oh non! lui disais-je, je
ne vous quitterai point ; je ne me
sens pas assez forte pour me conduire seule ; les dangers dont vous
me faites une peinture si vive m'effraient trop. Née sensible, vous dites encore que j'ai le cœur tendre ;
que voulez-vous que je devienne ?
La Comtesse ne se donnera sûrement pas la peine de suppléer par ses
conseils à mon défaut d'expérience :
non, je ne vous quitterai point....

Le moment approchait cependant, et la Comtesse vint m'y préparer. Elle resta quinze jours, pendant lesquels je la vis souvent; elle m'entretenait de ses affaires, de ses voisins, même de toute la Province. Un jour elle amena assez mal-adroitement la conversation sur M. de Prévalle : ne serait-ce pas (me demanda-t-elle) la haine que vos gouvernantes vous ont inspirée pour lui, qui vous éloignerait de moi?..... Vous auriez tort, c'est un galant homme; il vous aime, il a de l'esprit et du savoir; ce serait même une ressource pour vous, qui avez toujours montré du goût pour la lecture. Dites... le haïssez-vous encore? Je ne hais personne, lui répondis-je; d'ailleurs, je n'ai point à me plaindre de lui : comme je n'en dois pas dépendre, je compte sur la

continuité de ses égards; et dût-il
me les refuser, je saurai m'en passer:
ainsi ne le regardez pas comme un
obstacle. Vos volontés doivent être
la règle des miennes. Vous revien-
drez donc à Pâques? Cette question,
lui dis-je, est un ordre pour moi, je
n'abuserai jamais de vos bontés. Assez contente de l'ambiguité de mes
réponses, je fus rendre mon coup
d'essai à mon amie, et puiser dans
ses lumières de nouvelles maximes.
Que d'obligations n'avons-nous pas
à ceux qui développent en nous le
germe des vertus! De ma vie je n'ai
perdu un instant de vue la reconnaissance que je dois à madame de Renelle, et je m'estime heureuse que
ma position me mette quelquefois à
portée de lui en donner de faibles
marques. Les amies de cette espèce

sont rares : c'est un malheur de plus pour les jeunes personnes. Hélas ! que n'aurais-je pas donné dans mille circonstances pour pouvoir abandonner à cette digne fille la conduite de toutes mes actions ?

La Comtesse, de retour chez elle, m'écrivait chaque jour des lettres pressantes, dont je ne pénétrais pas trop les motifs. Enfin, elle me manda que je lui devenais nécessaire ; que, ne voulant plus vivre que pour moi, elle venait de donner congé à M. de Prévalle. Ma surprise fut extrême : comment avoir pu changer si promptement ? éloignés l'un de l'autre, quelle altération avait pu produire cette rupture ? Nous en étions aux premières réflexions, madame de Renelle et moi, lorsque madame de St.-Albin, qui ne manquait jamais au besoin,

vint, par ses avis, me plonger dans de
nouveaux troubles. La Comtesse ar
rive demain, me dit-elle ; j'aurais été
désperée qu'elle m'eût prévenue
l'intérêt que je prends à ce qui vou
regarde ne m'a pas laissé un instan
de tranquillité, que je ne vous ai
mis en garde contre tous les propo
de la Comtesse : pardonnez-moi l
terme, continua-t-elle, Mademoi
selle : tant que je l'ai pu, j'ai respect
le titre qui doit vous la rendre chère
je ne vous ai dit que ce que mon amiti
ne me permettait pas de vous taire
mais aujourd'hui que les circons
tances deviennent plus délicates,
est essentiel que vous ne donniez pa
dans le piège. La Comtesse veut en
core se brouiller avec M. de Prévalle
je vous préviens que cette prétendu
rupture n'aura pas lieu ; mon mari n

l'approuve pas ; il prétend qu'il y a de l'impossibilité ; non seulement dans le fond, mais dans la forme.

Les gens de lois s'expriment singulièrement ; je ne devine pas ce fond ni cette forme, et il ne m'est pas toujours permis de lui faire des questions. Ce qu'il y a de certain, c'est qu'il a écrit à M. de Prévalle de revenir. Prenez vos mesures en conséquence, Mademoiselle : tâchez de rester neutre ; il ne faut pas vous faire un ennemi d'un homme dont vous aurez besoin par la suite. Je suis de plus très-convaincue qu'il méritera votre estime. Je sens, lui répondis-je, tout le prix d'un tel avis, et combien je suis redevable à l'amitié qui les dicte : mais dans quelle étrange position vais-je me trouver ? livrée à moi-même, ne pouvant me fier à personne, obligée même de me défier de tout le monde, et peut-être en butte à l'envie et à la jalousie; en vérité, Madame, je tremble d'y penser. Je vous verrai, me dit-elle; vous pouvez compter également sur moi dans tous les temps. Adieu, soyez discrète. Ce n'était là qu'une faible ressource. Madame de St.-Albin m'était peu connue, et sa conduite même vis-à-vis de moi la rendait suspecte à madame de Renelle. Ma chère petite, me disait-elle, cette femme vous sacrifie la Comtesse, qui semble la regarder comme son amie. Quelque utile que vous soit aujourd'hui ce procédé, défiez-vous de la source d'où il part. J'entrevois dans tous les discours de madame de St.-Albin un fond de malignité qui la fait passer par-dessus l'imprudence d'oser con-

fier des choses aussi essentielles à
une jeune personne de votre âge :
cela seul dénote peu de jugement et
un caractère dangereux. Vous êtes
simple et naïve, vous ne voyez rien
au-delà de l'action qui vous sert. Elle
vous pénètre de reconnaissance, et
vous seriez prête à vous livrer à tous
les mouvemens qu'elle vous inspire ;
mais gardez-vous en bien ; la moindre ouverture de cœur vous rendrait
à jamais dépendante de cette femme.
Nous ne devons au méchant qui nous
oblige pour le plaisir de nuire à un
autre, que la discrétion et les égards
purement relatifs à nous. Vous verrez dans le monde que rien n'est
plus commun. Les sociétés se for-
ment, se soutiennent et se détruisent
par les intrigues. En veut-on à quelqu'un ? On sert son ennemi, et cet

ennemi s'attache à son bienfaiteur, qui, bientôt après, le sacrifie à son tour. Apprenez de bonne heure, ma chère, à ne pas être dupe de toutes les bonnes œuvres apparentes. L'action la plus brillante n'est rien en elle-même, si l'intention qui la dirige n'est droite et pure ; c'est ce qu'il est important de savoir pénétrer. Suivez madame de St.-Albin, et dans peu vous reconnaîtrez que ses vues sont aussi fausses que ses démarches. O mon amie, disais-je à madame de Renelle, que de pièges je vois tendus sous mes pas !

Éloignée de vous, privée de tout ce que j'ai de plus cher dans le monde, jeune et sans expérience, de combien de malheurs ne suis-je pas menacée ! Oui vraiment, reprit-elle, j'en prévois un grand nombre ; mais

il y aura pour vous d'autant plus de
gloire à les surmonter. J'ose espérer
que cela ne vous sera pas une chose
impossible. Jusqu'à présent j'ai nour-
ri vos craintes, et cette juste défiance
de vous-même; elle m'était nécessaire
pour vous rendre plus attentive à
mes leçons. Aujourd'hui je crois devoir vous faire présumer davantage
de vos propres forces. Vous avez tout
ce qu'il faut pour réussir dans le monde, de l'esprit, des agrémens, et sûrement plus de prudence et de raison
qu'il n'est ordinaire à votre âge. Ces
deux premières qualités vous gagne-
ront les cœurs, les secondes vous
mériteront l'estime et les suffrages
de tous les gens de bien. Après vous
avoir appris à connaître vos défauts,
il est trop juste que je vous enseigne
aussi à connaître vos vertus; vous en

apprécierez mieux ce que vous valez.
Comme toutes les vertus tiennent à
quelque vice, et les vices à quelque
vertu, cette grande sensibilité dont
je vous ai fait tant de peur vous rend
capable des plus beaux et des plus
généreux procédés ; balancez-la toujours par la fermeté que j'entrevois
avec plaisir dans votre caractère.
Quoique vous soyez douce et complaisante, je ne vous crois pas faible.
Tout dépend donc de l'usage que
vous allez faire de vos principes. Vous
avez assez de justesse dans l'esprit
pour ne pas vous tromper dans les
applications ; ainsi, prenez courage :
il ne faut présumer ni trop, ni trop
peu de soi ; l'un est aussi dangereux
que l'autre. Appliquez-vous à ne
point vous écarter de ce juste milieu,
et je vous garantis que vous trouve-

rez des ressources infinies en vous-
même. Mes seules craintes actuellement portent sur votre cœur : les
meilleurs raisonnemens ne peuvent
vous préserver de cette sorte de danger; j'entends celui de plaire, d'être
aimée, peut-être assez légèrement,
tandis que vous vous attacherez de
toute votre ame. Quand je vous re-
commanderais d'étudier assez les
hommes pour savoir pénétrer les
motifs de tous les hommages qu'on
va vous rendre, ce n'est pas à quinze
ans qu'on sait dévoiler tant de détours
et de souplesse. On se défie bien de
tous les hommes en général ; mais on
vient, sans s'en douter, à faire exception d'un seul en particulier : et
voilà l'écueil. Il n'est nulle chose à
ajouter à celles sur lesquelles je
vous ai laissé toute votre ignorance,

parce que, dans ma manière d'envisager les objets, il me paraît dangereux à un certain âge de remuer les
passions ; elles parlent toujours assez
tôt : mon embarras est que vous les
méconnaissiez. Tout à ses inconvéniens : au moins évitez celui qu'entraînent les tête-à-tête : sous quelque
prétexte que ce soit , vous ne devez
ni les chercher ni les souffrir ; c'est
la perdition de l'innocence. Telles
furent les dernières instructions de
madame de Renelle. Quoique je n'y
aie pas été aussi strictement soumise
dans la pratique que je l'aurais dû ,
elles sont encore gravées dans ma
mémoire , et la reconnaissance que
je lui dois l'est dans mon cœur.

La Comtesse arriva le jour mar-
qué. Je passerai sous silence mon
chagrin et mes regrets : ils furent

proportionnés aux circonstances où je me trouvais, et à la tendre sensibilité de mon ame; mais ils n'offrirent rien de fort intéressant pour les autres.

Pendant la route, la Comtesse n'oublia rien pour me consoler; ses caresses furent plutôt celles d'une sœur que celles d'une mère, tant elle cherchait à me rapprocher d'elle. Quoique j'y fusse très-sensible, sûrement je le parus beaucoup moins que je ne le devais. J'étais trop préoccupée de tout ce que je perdais en m'éloignant de madame de Renelle.

A peine sut-on mon retour dans le voisinage, que la curiosité attira au logis tous les jeunes gens du canton. Un des premiers que je vis fut le marquis d'Olmane, avec un de ses frères que je nommerai le Chevalier.

Le ton de fatuité que prit ce jour-là
le Marquis me déplut singulièrement. Ses graces et sa jolie figure
m'en parurent diminués de moitié.
Il me regarda beaucoup, me parla
peu, et fit en total une visite assez
sèche d'esprit et d'agrémens. Le Chevalier au contraire m'adressa une infinité de choses obligeantes, chercha
à lier la conversation de façon que je
pusse y entrer, et la soutint avec
finesse et légèreté. Il félicita la Comtesse d'avoir une compagne aussi aimable; il s'étendit en louanges délicates sur l'une et sur l'autre. Le jour
baissait, il nous quitta, en m'assurant
de l'empressement qu'il avait à me
faire sa cour, et qu'il s'estimerait heureux de pouvoir aider la Comtesse à
me dissiper : car elle ne l'avait entre-
tenu que de mon goût pour la ré-

traite. Ils n'étaient pas encore hors
de chez elle, qu'elle me dit : hé bien,
vous vous imaginiez, je suis sûre,
que je ne voyais personne. Voilà
cependant des voisins fort aimables,
comment les trouvez-vous ? Très-
bien, assurément, répondis-je. Le
Chevalier paraît avoir de l'esprit.
Oui, il en a, reprit-elle, et sans contredit plus que son frère. Le Marquis
est vain, il vient fort peu ici, mais il
se pourrait bien faire que vous l'y
attiriez. Je crus m'apercevoir qu'elle
donnait une préférence marquée au
Chevalier, je compris même qu'il lui
rendait des soins. A quelques jours
de là, le Chevalier revint avec cet air
honnête et empressé, qu'on serait en
peine de mettre sur le compte du
cœur ou de l'esprit; la Comtesse paraissait contente de son exactitude,

elle prenait avec lui le ton de la confiance; leur conversation roulait souvent sur M. de Prévalle; le Chevalier écoutait, applaudissait, et semblait chercher dans mes yeux l'approbation de sa conduite. Je ne sais ce qu'il y lisait, j'étais dans l'âge où les adulateurs plaisent toujours quels qu'ils soient. Celui-ci cependant ne m'inspira pas un goût fort vif; plus je trouvais de légèreté dans ses discours, plus je doutais de leur vérité, et moins j'osais me fier aux marques d'attention qu'il me donnait. Incertaine sur ce que je devais penser, l'avouerai je? j'eus une coquetterie qui n'est pardonnable qu'à quinze ans, et qui semble justifier l'opinion des hommes qui nous taxent d'être coquettes par nature. L'art n'avait sûrement point de part à celle-ci. Je me décidai donc à recevoir le Chevalier avec un ton assez obligeant pour l'engager à venir partager mon ennui. Je ne prévoyais pas qu'il en pût concevoir de grandes espérances, cela arriva néanmoins; ses attentions redoublèrent, ses regards devinrent plus tendres, et ses soins pour la Comtesse plus marqués ; mais il n'était plus possible que je pusse m'y méprendre, ses yeux exprimaient de reste que j'en étais l'unique objet.

Les hommes présument si facilement de leurs succès, que le Chevalier ne tarda point à se persuader qu'il ne me déplaisait pas. Je conviendrai de bonne foi que, comparaison faite entre lui et ses frères, que je voyais aussi, je lui accordais au moins un goût de préférence relatif à l'esprit. Je ne sais si l'indifférence

marquée du Marquis m'avait piqué,
ou si l'heure n'était pas encore venue ; mais j'étais fort éloignée de le
trouver dangereux. Au fond, ce pouvait bien n'être qu'une sorte de dépit,
qui communément tourne au profit
de l'amour : plus d'expérience m'ap-
prendrait aujourd'hui à mieux pénétrer dans les replis cachés du cœur
humain. Je n'étais pas dans l'âge où
l'on sait se défier de pareils mouvemens. Le Chevalier aurait pu en tirer meilleur parti, s'il ne se fût mépris dans le choix des moyens. Captiver la Comtesse lui parut le point
essentiel pour parvenir à remplir ses
vues. Le cœur d'une jeune personne
n'est pas sans doute si difficile à gagner que le consentement d'une
mère. Je ne nie pas qu'il n'eût raison,
mais il ignorait que les ames délicates

ont le tact fin, et qu'au défaut de lumières, la nature semble avoir mis dans nos cœurs une sorte d'attraction qui attire ou repousse selon les rapports ou les distances qui se trouvent dans les caractères. Le mien était franc, j'aimais la vérité par-dessus tout ; je ne prétends pas dire que le Chevalier fût faux, ni mal-honnête homme. Néanmoins, les détours adroits que je lui voyais employer me déplurent : je remarquai qu'il était souple et insinuant : ce qui n'était sans doute en lui que l'effet de l'usage du monde, me parut être tout au moins une finesse dangereuse : cela m'inspira de la défiance ; bientôt je rougis de la seule idée qu'il avait pu me faire illusion un instant, et je ne le vis plus qu'avec une extrême indifférence.

La Comtesse continuait à me combler de bontés ; tout semblait me promettre la plus étroite union entre elle et moi. Elle ne m'avait encore presque rien appris de positif sur sa brouillerie avec M. de Prévalle ; j'entrevoyais qu'elle désirait que je lui en parlasse la première. Elle en avait assez dit devant moi au Chevalier pour piquer ma curiosité ; mais je me serais bien gardée de lui faire la moindre question. Un jour enfin elle entreprit de me détailler tous ses griefs, et les raisons qui l'avaient déterminée à prier M. de Prévalle de ne plus revenir chez elle : j'écoutais en silence. Quoiqu'elle parlât avec véhémence, elle ne laissait pas de me considérer attentivement : mon sang froid la surprit. Hé bien, me demanda-t-elle, est-ce

que tu n'approuves pas le parti que
j'ai pris ? Je croyais d'ailleurs te
faire plaisir; tu as toujours paru prévenue contre M. de Prévalle.... Les
préventions de l'enfance, lui répondis-je, doivent être comptées pour
peu de chose ; et je crois si peu connaître M. de Prévalle, que je n'ose-
rais pas hasarder de le juger. Mais sur
ce que je t'en dis.... Ma mère, vous
êtes prudente et sage, vous n'avez
sûrement pas besoin de mes avis,
encore moins de mon approbation ;
ainsi permettez, je vous supplie,
que je reste neutre : c'est le seul
parti qu'il convienne de prendre à
mon âge. Je ne sortis pas de ce
cercle étroit de réponses, cela me
réussit assez bien. La comtesse ne
s'en offensa pas. J'augurai de là que
je pouvais profiter du moment de

I

4

faveur pour m'assurer une liberté
honnête, et autant d'indépendance
que le permettait mon âge. Tout
dépendait du commencement. J'a-
vais à faire à une femme qu'il était
aisé de plier; mon caractère n'était
pas absolument flexible; et j'usai,
comme la maréchale d'Ancre, de
l'empire qu'ont les esprits forts sur
les ames faibles.

Quelques mois s'étaient ainsi écou-
lés, lorsque la prédiction de madame
de Saint-Albin vint s'accomplir. Son
mari écrivit à la Comtesse, pour lui
annoncer le retour de M. de Prévalle. En lisant la lettre, ses yeux
se remplirent de larmes; puis la
jetant sur mon métier, elle sortit.
Voici à peu-près ce que lui man-
dait M. de St. Albin.

« Il y a quelque temps, Madame,

que vous me fîtes l'honneur de me consulter sur la séparation que vous projetiez ; j'eus celui de vous répondre qu'un tel procédé me paraissait manifestement contradictoire avec ce que vous vous piquez de rendre à la mémoire d'un mari qui vous adorait, et aux sentimens de reconnaissance que vous devez à Prévalle pour tous les services essentiels qu'il vous a rendus : vous ne pouvez pas vous dissimuler que c'est à lui seul que vous devez le bien-être dont vous jouissez aujourd'hui. Il s'est donné des soins infinis pour débrouiller le cahos de vos affaires, lors de la mort de M. le Comte ; depuis il a su y maintenir l'ordre. Vos intérêts ont été les siens ; et, dans toutes les circonstances, il vous a donné les preuves du plus grand

attachement. Que penserait-on de
vous dans le monde, Madame, si
vous les méconnaissiez de cette manière? Je n'insiste que sur ce point;
cependant, d'après les papiers que
j'ai vu dans les mains de Prévalle, je
pourrais ajouter qu'il ne dépend pas
de vous de lui refuser une habitation
que lui a assuré en bonne forme
M. votre mari, peu de jours avant
de mourir. Si vous l'ignorez, Madame, c'est un effet de la délicatesse
de Prévalle : cela doit augmenter
l'estime qu'il a droit d'attendre de
vous ; et vous n'avez sûrement rien
de mieux à faire l'un et l'autre que
d'oublier le passé. Je compte qu'il
arrivera au premier jour : sa présence doit dissiper tous les petits
nuages qu'ont sans doute élevé les
mauvais conseils de gens incapables

d'en donner de bons. Pour moi je ne sais point trahir la vérité.

» Je suis avec respect, Madame. »

Je compris alors l'énigme du fond et de la forme, dont madame de St.-Albin n'avait pas osé demander d'explication. Comme je m'attendais tout au moins au retour de M. de Prévalle, je n'en fus pas fort émue : il arriva dès le soir même. La Comtesse obéit dans tous les points. Elle me demanda, me pria même d'avoir des égards pour M. de Prévalle ; tu sais, ajouta-t-elle, quelles sont les raisons qui m'obligent de le garder, quoi que je t'en aie dit. Vous devez être persuadée, lui répondis-je, que mes égards seront exactement mesurés sur les siens. Je le prononçai assez haut pour qu'il l'entendît.

Le moment critique était arrivé :
je me trouvais entre la Comtesse,
que je voyais sujette à varier dans
ses goûts, ses actions, et dans sa
manière de penser ; et un homme
impérieux, d'une humeur altière,
qu'on m'avait peint d'ailleurs sous
des couleurs peu avantageuses. Je
sentis toute la délicatesse de la conduite que j'avais à tenir. Madame
de Renelle était mon unique ressource. J'attendais d'elle des conseils sages, qu'aucune autre ne pouvait me donner. Je réussis à établir
un commerce réglé entre elle et
moi. Ce sont ces mêmes Lettres
qu'on trouvera souvent dans le cours
de ces Mémoires : elles peindront
mieux que je ne pourrais le faire
le caractère inestimable de mon
amie, ses vertus, son esprit et ses

connaissances : elles feront regreter
à bien des femmes de n'avoir pas
trouvé les mêmes secours qui m'ont
fait éviter de grands écarts. Toutes
les jeunes personnes bien nées dési-
reront une amie telle que madame
de Renelle. Heureuses mille fois
celles qui trouveront un pareil
trésor !

M. de Prévalle débuta par être
poli, attentif, empressé à me dis-
traire. Peu de jours après son ar-
rivée, il y eut un grand dîné chez le
père du marquis d'Olmane. Comme
il n'y avait qu'une promenade, nous
y fûmes à pieds. Le chevalier vint
au devant de nous, affectant un air
libre, que la surprise de recevoir
M. de Prévalle rendait contraint
malgré lui, embarrassé de ce qu'il
avait à dire ; il nous apprit que son

frère était à la chasse. Je ne sais
pourquoi ce temps me parut très-
mal pris. Nous trouvâmes beaucoup
de monde ; et comme nouvelle ar-
rivée, tous les regards se tournèrent
sur moi. Je n'avais pour lors que la
fraîcheur de l'âge ; mais à quinze
ans on plaît toujours. La Comtesse
reçut pour mon compte une infinité de complimens ; ils la flattaient
d'autant plus, qu'elle était plus jolie
que moi, et que, dans ce cas, les
louanges qu'on donne à quelqu'un
qui nous appartient, nous font ren-
chérir sur celles que nous méri-
tons. L'après dîné on arrangea des
parties, je ne voulus être d'aucune.
Le Chevalier et M. de Prévalle venaient tour à tour prendre place
auprès de moi. Ce dernier voulut
me sonder sur les préventions qu'il

savait qu'on m'avait données contre
lui : je l'assurai modestement que
je regardais la prévention comme
le partage des sots, et que je ne
jugeais jamais d'après les autres.
Le Chevalier, attentif à notre conversation, m'envoya un regard d'approbation qui n'échappa pas à l'intéressé. Le soir il offrit le bras à la
Comtesse, et M. de Prévalle me le
donna. Peu satisfait de mes réponses
vagues, il fit de nouvelles tenta-
tives. Le Chevalier s'aperçut qu'il
entrait pour quelque chose dans
notre entretien, il en parut inquiet.
En effet, on avait déja dit à M. de
Prévalle qu'il paraissait approuver
la Comtesse. Pressée par les questions de celui-ci, je l'assurais que
j'étais peu instruite ; mais quand je
le serais, ajoutais-je, je vous avouerai

I   5

que je ne voudrais pas être de moitié
dans le mauvais service qu'on veut
rendre au Chevalier et à vous, en
vous brouillant l'un avec l'autre.
Mon obstination lui fit penser que
les intérêts du Chevalier pouvaient
m'être chers. Pour le mieux pénétrer, il mit en balance les agrémens
de la figure de l'aîné. Le seul mot
d'amour m'effraya. De l'amour, ah!
bon dieu, de l'amour; non, en vérité, lui dis-je, je pense trop sensé-
ment pour cela, et je serais désespérée que l'on en prît pour moi. Je
souhaite, me répondit-il, que le
cœur ne démente point l'esprit. J'ose
me flatter que l'amitié ne vous ef-
frayera pas si fort, car je veux mettre
tous mes soins à obtenir la vôtre.
Vous avez déjà une réputation si
bien établie dans ce pays-ci, que je

ne doute pas que vous ne méritiez
tout le respect et l'attachement possible. De fréquentes occasions re-
nouvelèrent souvent les conversations, sans que ma discrétion suc-
combât. M. de Prévalle, très-satisfait dans le fonds de me trouver
inébranlable, ne me mettait à toutes
ces épreuves que pour mieux s'assurer de mon caractère, et de jour
en jour il devenait plus empressé à
me donner des témoignages d'estime. C'était véritablement un ouvrage, que de détruire toutes les
préventions qu'on m'avait données
sur son compte. La voie qui s'indique
toujours la première pour y parvenir,
est de chercher à plaire et à flatter
une jeune personne. Le bien qu'on
pense de nous nous dispose à penser
plus favorablement de celui qui nous

le dit, mais non pas quand la défiance est à un certain degré. Je pris
les témoignages d'estime pour ceux
de la séduction, et j'en devins plus
froide ; aimer beaucoup, ou n'aimer
point du tout et craindre d'être
aimée, produit à peu près la même
méprise. Un cœur neuf et vertueux
croit apercevoir dans tout les discours le langage ou l'expression de
l'amour, parce qu'il le craint. C'était
trop pour moi d'avoir à me défier et
à me défendre tout à la fois. J'eus
recours à mon amie : ce sont les
premières lettres intéressantes que
nous nous soyons écrites.

LETTRE

A MADAME DE RENELLE.

« Tout ce que nous avions prévu
est arrivé, ma bonne amie; M. de
Prévalle est de retour; la Comtesse
est mieux que jamais avec lui; elle
semble avoir oublié tous ses griefs,
jusqu'au point de s'être abaissée à
me demander des égards pour cet
homme, qu'elle haïssait encore une
minute avant qu'il parût. Dites-moi
donc, ma chère petite maman, si
c'est un bandeau qu'il lui a mis sur
les yeux, ou s'il a su arracher celui
qu'elle y avait. Ceci me paraît un

abyme impénétrable. Comment me l'expliquerez-vous ? Je ne vous peins pas quelle est ma situation au milieu de tant de gens, vis-à-vis desquels je sens qu'il est impossible de dissimuler ; vous le voyez mieux que moi. Néanmoins, ma bonne amie, il est un surcroît d'embarras et de peines que peut-être vous ne soupçonnez point. Je rougis presque de vous avouer mes inquiétudes ; cependant, puisque je les éprouve, je ne dois pas vous les taire. Hé bien, ma bonne amie, ce M. de Prévalle me suit sans cesse ; il fait plus, il m'obsède par ses attentions, ses soins et ses empressemens ; mon air froid ne le rebute point ; je le fuis, et la Comtesse me le ramène ; vers lui je suis sombre et rêveuse, et la Comtesse m'en fait des reproches.

Je n'ose pas lui laisser entrevoir le sujet qui m'affecte, je n'ose pas même trop m'arrêter aux apparences. J'ai peur de commettre une injustice en précipitant mon jugement, ou, s'il était fondé, de fournir à M. de Prévalle l'occasion de s'expliquer. S'il le faisait, ma bonne amie, je crois que dans l'indignation dont je serais saisie, je volerais sur le champ le déclarer à la Comtesse. Hé ne le devrais-je pas, de peur qu'il ne prît mon silence pour un consentement tacite? Mon Dieu, a-t-il jamais été de position aussi singulière que la mienne? Hélas! pourquoi ai-je consenti à me séparer de vous? Au moins, ma bonne amie, ma chère maman, ne m'abandonnez point; je suis si jeune encore, j'ai si peu de connaissance des hommes, qu'infail-

liblement sans vous je serais dupe
ou victime de ce M. de Prévalle, s'il
est un fourbe tel qu'on me l'a dé-
peint. Concevez donc tout ce que j'ai
à redouter. Ah! mon amie, j'en frémis, et je ne puis me consoler d'être
aussi éloignée de vous, qui m'êtes si
chère, et qui me deviendriez si utile.

» *P.S.* J'attendrai bien impatiemment de vos nouvelles, chère maman; d'ici à ce que j'en reçoive, je
continuerai à me tenir sur la réserve.
En vérité, je ne fais pas un pas que
je ne tremble de m'égarer. »

RÉPONSE

DE MADAME DE RENELLE.

« Vous devez vous attendre, ma
chère petite, à la variété de la Comtesse : en définir la cause, c'est ce
que je n'entreprendrai point. Il est
des caractères indéfinissables ; ce
sont ceux qui agissent sans principes, sans réflexion, et souvent sans
motifs. On dit : les voilà, ils ne s'ex-
pliquent point autrement; c'est une
girouette qui tourne, parce que le
vent a changé. M. de Prévalle me
paraît avoir le même pouvoir sur la
Comtesse ; il la fait mouvoir à son

gré, non par l'attrait du sentiment,
mais par la crainte. Cet empire est
bien aussi absolu que l'autre, car la
crainte ne laisse pas le temps de
comparer, à qui même en aurait la
faculté; on peut la considérer comme
une sensation exclusive.

» Vous faites, ma chère enfant, une
triste expérience de la faiblesse des
autres; vous voyez où elle conduit,
combien elle nous rend malheureuses. Que ce soit une leçon pour vous,
dans le cours de tous les évènemens
de votre vie. Soyez complaisante
dans la société, mais sachez être
ferme dans vos résolutions : on prend
toujours mauvaise idée de quelqu'un
qui ne pense et n'agit que d'après les
autres, on est méprisé par celui-
même qui maîtrise.

» Je ne puis encore rien décider

sur ce que vous me marquez des soins de M. de Prévalle, il se pourrait très-bien qu'il ne cherchât qu'à vous ramener sur son compte. Il n'ignore sûrement point que la Comtesse vous a prévenue contre lui, et il se persuade peut-être, ainsi que tout le monde, qu'il suffit de flatter une jeune personne pour la disposer à l'estime. Si j'étais auprès de vous, je vous dirais : laissons-le venir, cette circonstance peut être la pierre de touche qui nous aidera à le dévoiler. Comme votre état de perplexité vous trahirait tôt ou tard aux yeux d'un homme qui, quel que soit son caractère, doit être fin et rusé, je crois qu'il vaut mieux profiter de la première occasion qu'il fera naître pour lui montrer vos doutes. La franchise et l'innocence ont des droits assurés

sur tous les cœurs que le vice n'a
point entièrement corrompus. Si
M. de Prévalle a des intentions pures, il se justifiera, et vous serez
tranquille : s'il est assez monstre
pour avoir envie de vous séduire,
en ne lui montrant point d'aigreur
d'abord, il se démasquera, nous le
connaîtrons, et nous verrons quel
parti prendre. Dans ce dernier cas,
contentez-vous de lui retracer toute
l'infamie de son procédé. Le mépris
qu'il sentira qu'il vous inspire pourra
l'arrêter : rarement le vicieux pro-
poserait-il à son semblable de partager un crime, s'il imaginait qu'il
en comprît l'atrocité. Examinez bien
le maintien de M. de Prévalle pendant votre conversation, pesez cha-
cune de ses paroles, motivez les
vôtres, et tâchez que le moindre de

ses gestes ne vous échappe pas ; je me réserve de les interpréter, pourvu que vous m'en rendiez un fidèle compte. En attendant, ne vous relâchez point sur l'article de la réserve : il faut savoir, tout voir, tout entendre et tout taire. La plus légère confidence entraîne quelquefois des maux irréparables. Dire à la Comtesse que M. de Prévalle est amoureux de vous, ce serait vous plonger dans des malheurs sans nombre : une fille qui peut regarder sa mère comme sa meilleure amie lui doit surement ces sortes de confidences ; mais vis-à-vis de la Comtesse, quel éclat cela ne produirait-il point dans le monde ! Ma chère petite, évitez soigneusement tout ce qui pourrait vous donner en spectacle : il est des sortes d'insultes qui doivent être ensevelies , si nous ne voulons pas qu'on les croie méritées ; car chacun a sa manière d'envisager les choses. Notre sort est d'être toujours jugées à la rigueur. Une fille bien élevée et sensée ne devrait point avoir besoin d'autre gardien de sa vertu que sa vertu même : ainsi, heureuses celles dont le nom n'a jamais été cité au tribunal du public.

» Adieu , ma chère petite ; ne vous découragez pas , mes lettres suppléeront à ma présence : soyez sûre que je ne négligerai rien pour vous être utile , le plaisir que j'y trouve vous en est garant. »

D'après le conseil de Madame de Renelle , je n'étais occupée qu'à saisir l'instant de faire expliquer M. de Prévalle. Le froid dont je continuais à payer ses empressemens ne tarda pas à m'en fournir l'occasion.

Vous m'aviez assuré, Mademoiselle, me dit-il un jour, que vous étiez fort au-dessus de la prévention; cependant j'aperçois visiblement que je vous suis à charge, même en allant au devant de tout ce que vous paraissez désirer. Je vous avouerai naïvement, Monsieur, lui répondis-je, que ce sont ces soins que vous faites valoir qui me surprennent et qui m'effraient. Je ne vous vois aussi attentif vis - à - vis d'aucune autre femme. Vous ne me connaissez pas encore; mais si vous vous imaginez que pour obtenir une place dans mon estime il est nécessaire de feindre de l'amour, vous vous...... Hé non, mon Dieu! reprit-il en m'interrompant; à mon âge on n'entreprend

point de captiver quelqu'un du vôtre.
Vous prenez l'expression d'un sentiment solide et honnête pour celle
qui ne lui ressemble guère. Au reste,
fuyez toujours de même à l'aspect
du moindre danger, ce sera un bonheur pour vous : mais le cœur ne
sera pas si sourd à la voix qui l'intéressera ; vous êtes si jeune encore,
qu'on ne peut pas se flatter que vous
le conserviez libre jusqu'au moment
qui décidera de votre sort ; comme
j'ai de l'usage et de l'expérience, je
puis vous offrir des conseils pour ce
temps là. Cessez, s'il se peut, de me
haïr, souffrez quelquefois que je me
justiffie des fausses accusations par
lesquelles je sais qu'on m'a noirci
auprès de vous ; accordez-moi votre
estime, votre amitié et votre confiance : c'est, en vérité, tout ce que

j'ai jamais pensé à mériter de votre part.

Cette franchise me plut assez, elle me mit à mon aise ; je croyais y reconnaître le caractère de l'honnête homme, mais j'étais encore fort loin d'en vouloir faire mon ami et mon confident ; ce ne pouvait être que l'ouvrage du temps, et d'une épreuve bien soutenue.

Telle fut la vie que je menai pendant six mois, ne voyant que le Chevalier, quelquefois le Marquis, assez souvent le frère cadet, et quelques-uns de leurs camarades. Il y avait fort peu de voisinage ; la Comtesse ne se souciait pas extrêmement du commerce des femmes ; elles, de leur côté, ne paraissaient point empressées de vivre avec elle ; tout le monde d'ailleurs était persuadé que

I

6

M. de Prévalle la gouvernait entièrement ; on redoutait son despo-
tisme et la dureté apparente de son
commerce. Il est à présumer aussi
que, connaissant la Comtesse suscep-
tible de mauvais conseil, il éloignait
tous les gens capables de lui en donner ; soit par cette raison, soit par
l'appréhension qu'elle ne fût tentée
de reprendre une maison à la ville,
il usait de tout son pouvoir pour
l'empêcher d'aller voir ses sœurs à
la Rochelle ; et elles se plaignaient
hautement qu'on ne m'eût point encore menée chez elles. Je ne sais
comment tous ces propos parve-
naient jusqu'à mes oreilles, mais
j'en entendais par fois de très-désa-
gréables. Ma seule consolation était
que le blâme ne rejaillissait point
sur moi. Je me flattais alors de n'être

jamais en butte à aucuns ; après
avoir vécu au milieu de plusieurs
jeunes gens faits pour plaire, sans
qu'aucun d'eux meût plu, j'imaginais pouvoir affronter tous les dangers : un seul moment renversa
tous mes beaux projets de sévérité,
et m'apprit à ne plus tant présumer
de moi-même. Ce fut le Chevalier
qui me présenta celui à qui il appartenait de me donner cette leçon : on
verra quelle elle fut ; j'étais loin de
le prévoir. M. de Villemort, officier
dans le même régiment que lui, et
allié de la Comtesse, vint le voir :
il nous l'amena. C'était un jeune
homme d'environ vingt-deux ans,
grand, bien fait, d'une figure agréable, avec un maintien honnête, l'air
réservé et extrêmement froid ; il
parlait peu, s'exprimait toujours en

termes propres aux choses qu'il voulait dire, et qui toutes me paraissaient très-bien dites. Sans m'en
douter, dès cette première visite
je cherchai à plaire. La Comtesse
engagea M. de Villemort à passer
quelque temps chez elle : je lui vis
accepter cette offre avec une sorte
de plaisir, que je mettais sur le
compte du délassement que j'en espérais. Quelle prudence pourrait
prévoir les malheurs de si loin ? A
quinze ans on ne peut juger des choses qu'après l'évènement, et je n'é-
tais pas faite pour faire exception à
la règle générale. Entraînée par le
besoin de sentir, séduite par l'extérieur, pleine de confiance dans la
droiture de mes intentions, je me
livrai toute entière aux douceurs
d'une société que je trouvais char-

mante. M. de Villemort, sur qui je faisais des impressions encore plus vives, devenait chaque jour plus aimable, du moins il me le paraissait. Nos yeux, fidèles interprètes de nos cœurs, s'étaient déjà dit que nous nous aimions, qu'à peine j'imaginais qu'il me plaisait : la moindre circonstance développe et éclaire cette espèce de sentiment ; l'innocence qui le voile ne peut empêcher qu'il ne soit senti : ce fut pour moi l'ouvrage d'un moment. M. de Villemort ne me quittait pas d'une minute, sa place favorite était toujours voisine de la mienne. Empressé à saisir l'occasion de se déclarer, un jour il amena adroitement la conversation sur l'amour ; je combattis ses maximes avec chaleur, j'étalai mes grands principes. Nous nous ani-

mâmes tous deux : je gesticulais
beaucoup ; mon ouvrage tomba : je
voulus le ramasser; un pied qu'il y
mit dessus lui donna la facilité de
me serrer la main; et de me dire à
voix basse : — Le moyen d'être d'accord avec vous, et apercevoir tout
ce que je vois? J'étais encore bais-
sée, je me relevai en rougissant : il
me fixa, je baissai la vue, et je restai
comme interdite. La Comtesse, pen-
chée sur son métier s'occupait peu
de nous. M. de Villemort le remar-
qua; il se rapprocha un peu de moi,
trouva le secret de faire tomber tour
à tour mes ciseaux, mon ouvrage,
et d'employer chaque maladresse au
profit de l'amour. Ses actions et ses
discours avaient une expression qui
me paraissait toute nouvelle ; rien
de semblable n'avait encore parlé à

mon cœur, je le sentais agité agréa-
blement, et j'avalais à longs traits ce
nectar dangereux. Ce n'était pas le
moment de la réflexion ; de ma vie
je n'avais été si peu tentée d'en faire :
insensiblement, je me prêtai à toutes
ses agaceries : l'obscurité nous favo-
risait ; M. de Villemort s'était saisi
d'une de mes mains, il la serrait,
me regardait tendrement, la laissait
aller pour baiser la sienne, puis me
la redemandait, et ne sachant sous
quel prétexte la lui refuser, je la lui
rendais : j'étais si loin d'en sentir
toutes les conséquences, que je regardais tout cela comme un jeu d'enfant, mais néanmoins un jeu qui
laissait une impression d'autant plus
flatteuse, que je ne prenais pas la
peine de la définir. Ceux qui disent
que la nature supplée à l'art ont

raison; car, au milieu de cet enthousiasme, quelque chose me disait
que tout n'était pas dans l'ordre :
M. de Villemort avait beau m'exciter à lui rendre ces tendres démons-
trations, jamais je né lui serrais la
main que pour l'empêcher de l'avan-
cer trop près. M. de Prévalle était
rentré; je craignais plus sa pénétra-
tion que celle de la Comtesse, quoique cela paraisse contradictoire; un
certain instinct m'indiquait qu'il devait y avoir du mystère dans une
action qui semblait causer un plaisir
très-vif à M. de Villemort. J'en goû-
tai un sensible toute cette soirée :
j'apprenais à jouer au trictrac; les
tables sont ordinairement étroites,
et à moins que de se fuir, il est si
aisé de se rencontrer, que M. de
Villemort me rencontra. Mille pro-

pos galans, que le bruit des dez dé-
robaient aux autres, répondaient
aux circonstances. L'heure à laquelle
il fallut nous séparer commença
à me faire sentir un mouvement d'a-
mertume : ce fut pour moi un jour
lumineux, qui dissipa toute espèce
de nuage, en m'apprenant que j'aimais. Toute la morale de madame
de Renelle vint alors se retracer
dans ma mémoire. J'aime très-sure-
ment, me disais-je; j'aime un homme,
ce ne peut être que de l'amour :
après tout ce que m'a recommandé
madame de Renelle, tout ce que je
lui ai promis ; oh! je suis un monstre! il est affreux d'avoir de l'amour;
car ce n'était pas dans ce qui s'était
passé que j'entrevoyais le crime, c'é-
tait dans ce que je croyais sentir.
Qui eût pu m'apprendre pour lors

I

que je n'avais qu'un goût assez léger
pour en être corrigée par l'objet
même qui l'avait fait naître, m'eût
rendu un grand service. La vertu
alarmée méconnaît jusqu'à la plus
petite des sensations ; je croyais
éprouver une passion si forte, que je
me jetai moitié à genoux, moitié
sur mon lit, et là je fondis en larmes. Etait-ce des larmes de faiblesse ?
Je ne le crois pas, puisque la candeur seule me les faisait répandre.
Vraiment mécontente de moi-même,
je restai dans cette attitude jusqu'à
trois heures du matin, m'accablant
de reproches, et ne pouvant prendre
aucune résolution. Enfin, je me
couchai, j'appelai vainement le sommeil, je fus toute la nuit dans une
agitation cruelle ; sans cesse com-
battue par le désir de n'aimer plus,

et l'impossibilité d'y réussir ; mon âme était si fort troublée par la crainte, que je ne pus faire aucune réflexion juste.

Levée de très-grand matin, mon premier soin fut d'écrire à madame de Renelle : je lui devais un détail exact de mon entretien avec M. de Prévalle ; mais M. de Villemort était arrivé presque aussitôt. J'étais dans l'âge où les plaisirs font oublier les devoirs. Disons-le à notre honte, le besoin fait souvent ce que la vertu seule ne produirait que lentement ; il nous ramène vers l'amitié en dépit de l'amour.

LETTRE

A MADAME DE RENELLE.

« QUE vais-je vous mander, ma chère amie, et qu'allez-vous penser de moi? Au moins soyez indulgente, je suis coupable, je le sais, je le sens, je l'avoue, et je vous en demande pardon avec toute l'effusion du plus vif repentir. Comment ai-je pu oublier que vous deviez être inquiète d'un évènement sur lequel je vous avais consultée? Je n'en reviens pas moi-même; il semble que ce soit un songe; hélas! plût à Dieu!

je n'aurais pas à regreter l'effet d'une cause qui.... ah! ma chère maman, ma bonne et mon unique amie, laissez-moi cacher mon trouble dans votre sein, ouvrez vos bras, tendez une main secourable à une malheureuse innocente, dont le premier égarement est d'être dupe de son propre cœur. De quel front oserai-je à présent paraître devant vous, après tant de leçons, après tant de sages conseils, après tant de soins de votre part pour me sauver des écueils? Faut-il que rien de tout cela n'aie pu fructifier dans mon ame! Que les jours ne se ressemblent guère, ma chère amie; hier j'étais gaie, contente et tranquille, aujourd'hui je suis accablée d'inquiétude, rongée de soucis, et dévorée de remords; mais me comprenez-vous?

Non, il faut, quoi qu'il m'en coûte, vous faire un entier aveu de ma faiblesse. Eh bien, chère maman, oui, il n'est que trop vrai, j'aime, j'en rougis, et malheureusement je n'en puis plus douter. Au moins n'allez pas croire que ce soit M. de Prévalle : mais, pauvre innocente que je suis, qu'importe l'objet : une indigne passion peut-elle se justifier d'aucune manière? Aimer, n'est-ce pas un crime, puisqu'on nous le défend? Cependant, ma bonne amie, je vous jure que j'ai commis ce crime, si c'en est un, sans le vouloir, sans y penser, ni même sans m'en douter. Le Chevalier de.... amena ici il y a environ trois semaines M. de Villemort, son ami, et l'allié de la Comtesse; il est jeune, très-aimable; nous ne nous quittions point : d'abord, il m'a amusée; j'ai cru qu'il me dissipait, parce que je ne m'occupais plus que de lui. Mais hier au soir il était lui-même si occupé de moi, si tendre, si expressif, qu'il a fait passer dans tout mon être une agitation et des mouvemens que je n'avais de ma vie connus : je me suis livrée aux charmes de cette douce illusion, jusqu'à l'instant où nous nous sommes retirés, et c'est en le quittant que la tristesse s'est emparée de moi. J'ai voulu m'en demander compte, interroger, hélas trop tard, mon faible cœur : je ne vous dirai point ce qu'il m'a répondu; mais ce que je sens est si extraordinaire, que ce ne peut être que de l'amour. De l'amour, ma bonne amie, quel monstre! eh! que vais-je devenir, s'il ne dépend pas plus de

moi de cesser d'aimer qu'il ne m'a
été possible de n'aimer point. De
grace, ayez pitié de votre petite
amie, chère maman; la douleur
m'accable au point que je suis incapable de la moindre réflexion; et,
ce qui me semble le plus étrange,
quand j'essaie de réfléchir, c'est que
je trouve du plaisir à m'affliger : je
hais la cause, et je chéris l'effet. Mes
larmes me causent une émotion qui
me semble préférable à la joie : je ne
vois, je n'entends plus rien; mes
soupirs et mes regrets m'affectent
délicieusement. D'où vient donc,
ma bonne amie, que l'amour, qui
doit être le même dans tous les êtres
qu'il anime, s'offre à nous sous des
aspects si différens? Quand je sup-
posais M. de Prévalle amoureux de
moi, j'étais comme saisie d'horreur

et d'indignation, cette idée me ré-
voltait; au lieu que, dans ma position actuelle, ce n'est pas du sentiment que me montre M. de Villemort dont je suis fâchée, ce n'est
peut-être même pas de celui qu'il
m'inspire, c'est uniquement qu'il y
a du mal à l'éprouver.

» Je ne sais si je m'explique assez
clairement pour que vous puissiez
m'entendre, ma bonne amie : le
désordre de mon cœur est passé jus-
que dans ma tête : plaignez-moi,
chère maman, et surtout ne me retirez point votre amitié.

» *P. S.* J'oubliais de vous rassurer
sur la conduite de M. de Prévalle;
il m'a juré qu'il n'avait pour moi
qu'un attachement très - légitime :
c'était par où je voulais commencer;
vous voyez, mon amie, comme je

suis à ce que je fais : mon Dieu! quel
détestable état ! »

Soit une suite naturelle qui attache
le pardon à l'aveu des fautes, soit
l'effet de la satisfaction que procure
un doux épanchement, je me trouvai un peu calmée, et j'eus assez de
force pour donner quelques soins à
ma parure, que je ne pris cependant
pas le temps d'achever sans aller
voir si l'on ne se rassemblait pas
pour prendre le thé. M. de Villemort n'était pas encore levé; quelle
paresse ! la Comtesse me dit de l'appeler sous sa fenêtre; il descendit
l'instant d'après, nous rougîmes mu-
tuellement en nous voyant. J'avais
l'air abattue ; M. de Villemort m'en
demanda la raison. J'ai peu dormi,
lui dis-je. C'est donc un mal com-

mun ici, répartit-il. Trouvez-vous
que ce soit une consolation, Monsieur ? Très-certainement il est un
sens, me répondit-il, dans lequel
j'en trouverais une fort grande. Le
ton et le regard paraissaient signi-
fier qu'il n'y avait que moi qui pusse
la donner, cette consolation; soit
amour-propre ou vanité, j'en lisais
avec plaisir les assurances. Pendant
ce court entretien, M. de Villemort avait trouvé le moyen de me
glisser un billet ; je contins un peu
mon impatiente curiosité, dans l'appréhension que la Comtesse ne se
fût aperçue de quelque chose. Les
torts font toujours naître les craintes.

~~~~~~~~~~~~~~~~~~~~~~~~~~~~~~~~

BILLET

DE M. DE VILLEMORT.

Il y a deux heures que je vous ai
quittée, Mademoiselle, et que je
vous cherche comme si votre image
pouvait se reproduire. Depuis trois
semaines que j'ai le bonheur d'être
auprès de vous, chaque moment
porte dans mon ame un sensiment
nouveau; envain me suis-je prescrit
le silence, mon amour ne connaît
plus d'autres bornes que celles du
respect : souffrez donc que je me
jette à vos genoux, pour vous jurer

que je vous adore , que je vous ché-
rirai jusqu'à mon dernier soupir ,
et que vous seule pouvez combler
mes vœux. Laissez-moi vous le répéter mille et mille fois , et daignez
ne vous point offenser d'un hommage que la pureté de mes intentions doit justifier à vos yeux. Pour-
riez-vous me faire un crime d'avoir
su démêler tout ce que vous valez ?
était-il possible que je le découvrisse
sans être pénétré d'amour et d'admiration ? Ah! Mademoiselle , quels
instans que ceux que je viens de
passer à côté de vous sur ce canapé!
ils resteront à jamais gravés dans
mon souvenir ; ma main pressait la
vôtre ; je me flattais de vous expri-
mer , par ces tendres mouvemens,
une partie des impressions que je
ressentais ; que n'aurais-je pas donné

pour les faire passer dans votre ame ? je paierais ce bonheur du prix de mon sang ; mais hélas , puis-je y aspirer sans témérité ? quel mortel oserait se croire digne de vous ! »

L'agitation que j'éprouvai en lisant ce billet ne peut se peindre. Dix fois je voulus y répondre, dix fois ma pudeur alarmée me retint, et je lui cédai comme malgré moi. Je reparus au moins plus gaie que le matin, mais M. de Villemort avait l'air inquiet ; je compris qu'il s'étonnait que je ne lui fisse pas de réponse ; je m'inquiétai à mon tour de ce qu'il pouvait en augurer. Mes principes me tyrannisaient, je ne voulais point les lui sacrifier ; je désirais seulement qu'ils ne fissent pas le malheur d'un homme qui me devenait plus cher chaque jour. Peu à peu je me familiarisais avec l'image de ce sentiment si redouté; et une attention de M. Villemort suffisait pour dissiper les tristes réflexions de nuits consacrées au repentir d'avoir fait trop ou trop peu.

Quelques jours s'écoulèrent ainsi, sans qu'aucune occasion permît à M. de Villemort de me rien dire de particulier. Mêmes égards, mêmes empressemens; soins chers pour des amans, mais minutieux dans les détails, et qui ne répandaient pas une telle sérénité dans mon ame que je ne fusse très-impatiente de recevoir la lettre de mon amie; elle arriva enfin.

LETTRE

DE MADAME DE RENELLE.

« JE veux commencer par vous ré-
concilier avec vous-même, ma chère
petite ; je vois d'ici ce cœur simple
et vertueux, saisi d'effroi à l'aspect
du moindre danger. La modestie
vous fait grossir des fautes qu'une
autre que vous chercherait à pallier.
Tout extrême est vicieux, ma chère
enfant ; à force de se répéter qu'on
est coupable, on s'habitue à croire
l'être, et il n'en coûte presque rien
plus pour le devenir réellement. Tâ-

chez donc de vous rapprocher un peu de la vérité. Que vous aimiez, ce ne serait pas encore là un si grand crime. Le cœur ne prend congé de personne pour sentir, a dit madame de Lambert ; tout ce qui est pris dans la nature de notre être est indépendant de la volonté. Néanmoins, pour décider si vous aimez véritablement M. de Villemort, il faut attendre que vous le connaissiez un peu mieux. Il est très-vraisemblable que, quant à présent, il ne vous inspire qu'un goût plus fondé sur l'amour-propre et la vanité que sur ce que vous appelez passion. A votre âge, ces méprises sont très-communes : deux jeunes-gens se voient, se plaisent, parce qu'ils sont faits pour plaire, et ils croient être amoureux lorsque souvent ils n'éprouvent en-

I

8

core que le besoin de le devenir. Ma
chère enfant, vous entendrez dans
toutes les sociétés le nom d'amour
retentir sans cesse; il sonne agréable-
ment à l'oreille, cela suffit pour qu'on
imagine le sentir. Peu de gens savent que l'amour n'est point un mot,
mais un sentiment réel, qui, loin d'a-
vilir notre ame, lui donne du res-
sort, l'élève, l'agrandit, et nous
porte à la vertu quand nous avons
assez d'empire sur nos penchans
pour en régler les effets. Aujour-
d'hui que la corruption des mœurs
dégrade tout, qu'on ose nommer
amour des commerces infâmes que
le libertinage a rendu malheureusement trop communs, on est réduit à l'envisager sous un point de
vue odieux. Pour moi, ma chère petite, qui ne m'applique qu'à vous

cacher soigneusement les choses qu'il serait dangereux de vous apprendre, je ne puis me résoudre à vous tromper sur celles que les circonstances me mettent dans le cas de vous révéler. Comme je n'ai point encore vu que l'art d'en imposer sur cet article aux jeunes personnes, ait garanti leur cœur d'aucune impression, j'enfreindrai ce préjugé vis-à-vis de vous, et ne craindrai point de vous dire que l'amour n'a rien de vil à mes yeux; mais, en même temps, il est si peu d'hommes susceptibles de délicatesse, que, sans m'expliquer davantage, je vous recommanderai toujours d'éviter les pièges qu'ils pourront vous tendre. Tôt ou tard on se répent de les avoir écoutés, plus encore de s'être laissée convaincre. Chaque victime

de leur vanité pourrait, en vous en
fournissant l'exemple, vous servir
de préservatif, si toutefois on savait
apprécier ses vertus et ses faiblesses
avant qu'elles eussent été mises
à l'épreuve. Je vous l'ai souvent ré-
pété, ma chère enfant, l'expérience
des autres n'est qu'un miroir qui
réfléchit les objets, la nôtre les réa-
lise : ceci emporte avec soi une disposition bien entendue vers l'indul-
gence. Réduisez-la en pratique pour
tout ce que vous reconnaîtrez ne
pas être vice dans vos semblables ;
gardez-vous en seulement par rapport à vous-même. On ne saurait
trop s'accoutumer à se juger à la
rigueur ; soyez honnête dans vos actions comme dans vos paincipes ;
que le témoignage intérieur vous soit
aussi précieux que les suffrages du

public : alors vous ne ferez rien en secret que vous ne vouliez avouer à la face de l'univers, et vous n'aurez besoin d'autre surveillant que de vous-même. C'est vraiment la règle la plus sûre; vous ne me mandez rien qui puisse me faire présumer que vous vous en soyez écartée, ainsi, ma chère petite, si malheureusement vous aimiez, je vous trouve plus à plaindre que coupable.... En supposant des hazards imprévus, gardez-vous de l'avouer.

» Adieu, aimable et ingénue enfant, j'oublie de bon cœur votre petite négligence, vous l'avez sentie. Je suis bien aise que M. de Prévalle n'ait pour vous qu'un sentiment légitime ; l'épithète n'est pas si mal rencontrée.

» J'ai très-bien entendu votre

dernière question sur les différens
aspects sous lesquels se présente l'a-
mour, selon les différens objets qui
nous en offrent les témoignages.
Voilà bien, je crois, ce que vous
aviez voulu dire, ma chère petite ;
le moment de satisfaire votre curiosité ne presse point encore. J'ai
pour principe de ne jamais développer la connaissance des choses
qui pourraient exciter quelques sensations dans un cœur neuf, avant
que la nature n'en indique l'évidente
nécessité : c'est une mère sage, qu'on
se trouve bien de suivre dans ses
progressions. D'ailleurs, l'ignorance
sur cette matière est fille de l'innocence, et l'innocence est en vérité une belle chose. Conservez
bien ce précieux trésor, ma chère
enfant. »

Cette lettre ranima mon courage. Je n'en étais pas moins persuadée que j'aimais; mais madame de Renelle venait de m'apprendre que le sentiment était indépendant de nous, ce m'était un grand soulagement : je pouvais donc encore m'estimer, et jouir du plaisir d'être avec M. de Villemort sans me croire coupable, puisqu'il n'y avait que l'intention qui fît le crime, et que la mienne était droite. Que l'amour, quel qu'il soit, est ingénieux ! tout le sert pour parvenir à ses fins. Je partis de-là pour me faire une petite morale douce et commode. Aimer, être aimée, me l'entendre dire, ne rien répondre, et, sur toutes choses, ne rien accorder, tel fut le plan que je me formai, très-aisé dans la spéculation, mais d'une difficulté ex-

trême dans la pratique. On ne voit
pas tant d'objets à la fois , il n'appartenait qu'au temps de me le découvrir. Je fus en avant sans rien
changer à ma conduite, et M. de
Villemort ne négligeait pas de mettre toutes mes erreurs à profit. Le
Chevalier vint une belle matinée,
avec ses frères , lui proposer une
partie de chasse : j'étais, ce jour-là,
mieux que les autres ; j'avais repris
mon air gai et naturel. Tous ces
jeunes gens s'empressaient à me
faire leur cour : M. de Villemort
s'en alarma; et dans le tumulte des
préparatifs de la chasse , il trouva le
moment de me demander auquel
du Chevalier où de son frère cadet,
je donnais la préférence ? Je n'en ai
pour l'un, ni pour l'autre, répondis-
je ; cependant, reprit-il , dans votre

enfance, vous vous étiez chers l'un à
l'autre, et il paraît s'en souvenir.
Belle imagination, lui dis-je, pour
moi, qui ne le croit, ni ne le désire,
je n'aperçois rien. Que ne puis-je
aussi ne rien craindre, Mademoiselle, poursuivit-il, vous laissez tout
à désirer. Ah! qu'hier j'étais bien
plus heureux! quelle maudite chasse!
Daignerez-vous penser à moi, de
tout ce jour que je vais passer loin
de vous? Je me levai sans lui répondre, et sortis très-mécontente
de sa jalousie. Eh pourquoi! les
hommes sont bien étranges? Lui
ai-je dit que je l'aimais; lui ai-je
promis de n'en point aimer d'autre?
En vérité, ce ton est fort singulier.
Ce raisonnement fait, je voulus
rentrer; j'entendis que le Chevalier
plaisantait M. de Villemort, sur sa

tristesse. Es-tu déjà subjugué, lui demandait-il? Ma foi, mademoiselle de Mosan est aujourd'hui très-jolie : à ta place, j'aurais aussi bien de la peine de la quitter. Elle est également bien à mes yeux tous les jours, répondit-il, et ils doivent être tous égaux pour qui n'a point de préten-tions. Ce discours froid piqua ma vanité ; j'affectai néanmoins un air libre, et parlai à tout le monde, excepté à M. de Villemort, qui par-tit sans tourner à peine les yeux sur moi.

Je passai tout le jour dans une contradiction perpétuelle avec moi-même ; en proie à mille réflexions, pas une ne se suivait. Ne sachant que faire, je proposai la prome-nade d'assez bonne heure à la Com-tesse : c'était abréger le retour des

chasseurs, en allant à leur rencontre.
Nous trouvâmes effectivement M. de
Villemort qui dévançait les autres
de plus d'une lieue ; je ne sais comment cela se fit, nous ne pensâmes
pas à nous bouder. La Comtesse
folâtrait avec moi, me jetait im-
prudemment de la terre sur le col ;
elle tombait dans mon corps, il
fallait bien l'en retirer ; et ce ne
pouvait être avec toute la décence
que j'aurais désiré. M. de Villemort s'en amusait prodigieusement ;
ses yeux s'animèrent : je priai la
Comtesse de cesser ce jeu, sans
pouvoir détourner les regards de
M. de Villemort, dont le feu et
l'attendrissement tout ensemble
dévoilaient une forte impression. Il
s'obstina, enfin je lui souris, et
d'honneur uniquement par pur em-

barras. Ceci n'échappa pas à la
Comtesse, que rien pour lors ne
distrayait de nous : elle nous exa-
mina plus sérieusement, et remar-
qua une infinité de choses qu'il était
étonnant qu'elle n'eût pas encore
vues. Le soir, elle me reprocha doucement mon peu de circonspection.
J'avais pris de l'empire sur elle, et
elle craignait d'autant plus de m'offenser, que je lui semblais nécessaire pour maintenir la paix entre
elle et M. de Prévalle, que ma présence forçait à des ménagemens
auxquels je n'aurais pas souffert qu'il
manquât : de sa vie elle n'en avait
mené une si douce. Mais je m'écarte
de mon sujet; j'en étais aux plaintes
de la Comtesse. Qu'ai-je donc fait
de si déplacé, lui demandai-je? Vous
souffrez que M. de Villemort vous

regarde sans cesse , et vous lui
souriez avec l'air de la satisfaction.
Je souffre , lui répondis-je, ce que
je ne puis empêcher : au reste, je
crois qu'il ne pense guère à moi ,
et j'espère que vous ne me soupçonnez pas d'être capable de m'oublier en rien. Elle ne m'en parla
plus , et très à tort elle n'en parut
pas fort inquiète. M. de Prévalle ,
avec qui elle avait eu une longue conversation le soir , me joignit le lendemain , et m'avertit, en ami, que
la Comtesse se plaignait de moi.
Vous êtes jeune, me dit-il, vous ne
sentez les conséquences de rien :
je doute fort que le moment où je
vous ai prédit que l'esprit serait la
dupe du cœur ne soit arrivé. M. de
Villemort est convenu avec moi qu'il
vous adorait; ses vues sont sure-

ment très-honnêtes, et je lui ai promis de l es seconder. Mais la Comtesse n'est point femme à rien sacrifier pour votre bonheur : con-
duisez-vous donc en fille destinée
à obéir, et évitez de disposer de
votre cœur avant qu'elle ait donné
votre main. Cet avis, en jetant un
trouble infini dans mon ame, me
rendit un peu plus circonspecte.
M. de Villemort devint aussi rê-
veur que moi; nous devions être
pour les spectateurs de très-ennuieux
personnages. Toujours obsédé et
suivis, ne pouvant me parler, il
prit le partit de m'écrire un second
billet, qu'il me donna le soir à la
promenade.

~~~~~~~~~~~~~~~~~~~~~~~~~

BILLET

DE M. DE VILLEMORT.

« Que dois-je penser, Mademoiselle, des nuages qui couvrent cette jolie physionomie ? Malgré votre attention à me dérober vos regards, j'aperçois souvent vos yeux se remplir de larmes ; aurais - je eu le malheur de vous déplaire ? Serait-ce moi qui vous aurais causé involontairement quelques peines ? Je brûle du désir de l'apprendre, néanmoins je ne vous le demande qu'en tremblant : ma main peut à

peine tracer ces caractères ; mon
ame est agitée par mille mouvemens
divers ; l'amour et la crainte y éle-
vant des combats qui la déchirent
tour à tour. Dieux, définissez donc
tout ce que j'éprouve ! pour moi, je
ne suis plus capable que de sentir.
Au moins si je pouvais me flatter de
vous inspirer un peu de pitié ; mais
non, vous me lirez froidement, vous
ne me répondrez pas. Qui sait seulement si vous me lirez ! Hélas !
quelquefois j'ose pourtant imaginer
que... qu'allais-je dire ? Mon fol espoir
m'égare. Hé non, il n'est que trop
vrai, vous ne m'aimez point ! Quand
vos yeux s'attendrissent, c'est par
le sourire ; ils peignent la sérénité de votre ame, sa bonté, sa
candeur, peut-être sa sensibilité :
mais quelle sorte de sensibilité !

qu'elle est froide, en comparaison de la vivacité de mon amour! oui, Mademoiselle, de mon amour, et de l'amour le plus pur qui fût jamais. Ne jugez pas de moi d'après l'idée qu'on donne de mon sexe aux jeunes personne du vôtre; ne jugez pas même de mes sentimens par mes expressions, elles sont trop faibles. Lisez plutôt au fond de mon cœur; voyez-y l'estime, le respect que vos vertus y ont imprimés. Que le plus malheureux des hommes, à vos genoux, ait quelque droit à votre compassion. Songez qu'un seul regard peut décider de mon sort; me refuserez-vous inhumainemant un mot, un seul mot? Qui vous arrête encore, que craignez-vous? S'il est nécessaire, je vous promets de vous rendre votre

billet... Moi, je vous le rendrais,
j'ai pu vous le proposer : vous pourriez croire avoir besoin de cette in-
sultante précaution! Ah! ne m'écri-
vez plutôt pas : cependant, je suis
prêt à succomber sous le poids qui
m'accable. Eh bien, j'en mourrai;
n'importe, à quelque prix que ce
soit, ordonnez je jure d'obéir. »

Je ne pus retenir mes larmes en
lisant ce billet. Je le relus cent fois
avec de nouvelles émotions, dont je
me demandais toujours compte en
vain. Qu'on est à plaindre, me disais-je, d'ignorer même ce que l'on
sent! O madame de Renelle, que
vous êtes cruelle, de ne vouloir pas
mieux suppléer à mon inexpérience.
J'aurais donné tout au monde pour
pouvoir la consulter. Devais-je ré-

pondre à M. de Villemort ? Le
cœur m'y portait, mais les conseils
de cette digne amie mettaient mes
désirs et ma volonté dans une contradiction perpétuelle : cependant,
qu'allait devenir M. de Villemort,
si je m'obstinais à un silence ri-
goureux ? Après mille et mille
résolutions aussitôt changées que
prises, j'essayai de concilier l'a-
mour avec mes devoirs. Madame
de Renelle m'avait défendu l'aveu,
je m'en abstins : j'écrivis dix billets :
mécontente de tous, je me décidai
enfin pour celui-ci, dont je regret-
tai l'ambiguité l'instant d'après.

———

~~~~~~~~~~~~~~~~~~~~~~~~~~

RÉPONSE

AU BILLET DE M. DE VILLEMORT.

~~~~~~~~~~~~

« RASSUREZ-VOUS, Monsieur, vous
n'avez rien fait qui puisse me déplaire : je suis triste, il est vrai;
j'ai des peines : eh qui n'en a pas ?
Chaque état ne porte-t-il pas avec
soi les siennes? Il ne serait pas
généreux de ma part de consentir
à vous les faire partager. D'ailleurs,
dois-je rien avoir de commun avec
quelque homme que ce soit ? Tout
me dit que non ; et je suis attachée
à mes principes. Si je les trans-

gresse un peu dans ce moment-ci, en vous écrivant, c'est pour vous inviter, Monsieur, à reprendre votre tranquillité ; vous troubleriez la mienne en me répétant davantage que je cause votre malheur.

» *P. S.* Je m'en rapporte à vos soins pour brûler ce billet. »

M. de Villemort, qui vraisemblablement comptait sur une réponse, me facilita le moyen de la lui remettre ; il parut transporté, et sortit à l'instant. Moi qui croyais avoir assez bien déguisé mes véritables sentimens pour qu'il fût convaincu de mon indifférence, j'appréhendais le retour. J'ignorais que les hommes doutent rarement de leurs succès auprès des femmes, et que leur vanité les préserve toujours d'un désespoir qu'ils ne mettent en avant que pour servir d'amorce aux dupes. Hélas j'étais biendans l'âge de l'être ! Eh ! combien ne l'aurais-je pas été sans le secours de madame de Renelle ? Je lui fis part du surcroît d'embaras dans lequel je me trouvais. J'aurais bien voulu qu'elle pût guider tous mes pas : je ne hasardais jamais la plus petite démarche qu'avec toutes les craintes qui accompagnent l'incertitude.

LETTRE

A MADAME DE RENELLE.

« Que vous êtes bonne, ma chère
maman, et que votre manière d'envisager mes fautes serait consolante,
si chaque jour ne m'exposait pas à
en commettre de nouvelles ! Qu'il
est affreux d'être livrée à soi-même,
quand on manque d'expérience pour
se conduire ! Si j'étais près de vous,
ma bonne amie, je prendrais votre
main et je marcherais en aveugle.
Ici je n'ai personne à qui me fier,
et je me défie peut-être de moi

autant que des autres. Comment ferai-je pour ne point m'égarer ? Aujourd'hui je vous consulte sur une circonstance délicate, demain il en surviendra une plus embarrassante, et vos conseils arriveront lorsqu'il ne sera plus temps. Le trouble où me jette cette position est inexprimable. Ah ! ma bonne amie, vous ne voulez pas croire que j'aime et que je suis aimée ; mais sûrement je ne me trompe point. M. de Villemort m'a juré l'un, et tout me certifie l'autre. Je n'ose plus lever les yeux sur lui ; néanmoins, nos regards se rencontrent sans cesse. Il ne fait pas un pas que je n'aie peur de le perdre : je suis attentive au moindre de ses geste. Il doute pourtant encore de mes secrètes intentions : tantôt je m'en félicite, d'autres fois je m'en afflige, tout me tourmente, tout m'inquiète, tout m'émeut : qu'est ce donc, chère maman, que ces mouvemens-là ? S'ils ne sont pas l'effet de l'amour, à quoi en attribuer la cause ? D'où vient aussi que des larmes d'attendrissement ont coulé involontairement sur mes joues en lisant les billets que je vous envoie, et que machinalement je les ai couverts de baisers ? Je m'étais fait une violence extrême pour ne pas répondre au premier, mais il m'a été impossible de résister au second. Ma bonne amie, il serait tombé dans un désespoir dont l'image m'a effrayée : j'ai pensé qu'il m'était permis d'éviter un dernier malheur. Vous verrez que, malgré tout, j'ai affecté un froid glacial, et que j'ai fort insisté sur ce qu'il reprît sa tranquillité. Cependant, quelque chose me reproche d'avoir écrit à un homme auquel il y a apparence que je n'appartiendrai jamais, car M. de Prévalle m'en a prévenu, sans doute de la part de la Comtesse ; ainsi, je ne dois rien tant désirer que le repos et le départ de M. de Villemort. Mais, chère maman, faut-il tout vous avouer ? Mon cœur n'est pas de moitié dans ce souhait : je sens que c'est un effort de raison, auquel il ne souscrirait avec peine. Est-il donc en nous deux fautes intellectuelles ? L'une qui veut, et l'autre qui ne veut pas : en vérité je m'y perds. De grace, ma chère maman, ma bonne et unique amie, ayez compassion de mon ignorance ; pardonnez mes faiblesses, et aidez-moi à approfondir ce qui se passe dans mon ame. Je crois toutes mes intentions pures, mais cela ne peut suppléer au défaut de lumières pour diriger mes actions. Tendez, chère maman, une main secourable à votre pauvre petite amie, elle se jette dans vos bras. »

Le temps s'écoule vîte. Il y avait déjà quelques mois que M. de Villemort était à la campagne : madame sa mère le redemandait ; autre sujet de douleur inséparable de l'amour, à quelque degré que l'on soit épris. Aucun hasard imprévu n'avait encore été assez long pour donner à M. de Villemort la facilité de s'expliquer. A force de le chercher, il s'en présenta un. Quoique sans doute il l'eût désiré, il ne la soutint qu'avec un embarras extrême, et je n'étais pas payée pour le rassurer. Seul avec moi, il porte une main tremblante sur les miennes, les serre et les baise pendant plusieurs minutes. Nous restons en silence : enfin, d'un son mal-articulé, il me dit : Seriez-vous sans pitié, Mademoiselle ? Le désordre dans lequel je parais auprès de vous ne suppléera-t-il pas au défaut de mes expressions ? Non, il n'en est pas qui puissent vous rendre tout ce que vous m'inspirez : ce que je sens, n'a jamais été senti ; amour, sentiment, respect. Je réunis en moi autant de sensations différentes, que vous réunissez de charmes, et que vous exprimez de vertus.... Il aurait encore pu parler long-temps

ou se taire, sans que je l'eusse in-
terrompu. Quoi, Mademoiselle, vous
ne m'accorderez pas un mot, un
regard? Je dois vous quitter demain; voudriez-vous me laisser dans
cette cruelle incertitude? Daignez
au moins m'assurer que vous pen-
serez quelquefois à l'homme du
monde qui sait le mieux vous adorer et vous chérir. J'avais osé me
flatter..... Eh de grace, Monsieur,
on vient; que voudriez-vous qu'on
pensât? Vos attentions m'attirent
une quantité de reproches. Faut-il
que ce soit moi qui vous fasse observer les ménagemens que vous devez
garder; s'il est vrai que vous ayiez
envie de me revoir. *Ah! si cela est
vrai !* Quelques larmes coulèrent de
ses yeux; pour moi, j'avais le cœur
si serré par la contrainte que je

m'imposais, qu'à peine parus-je
sensible. La Comtesse entra ; heureusement, il faisait fort obscur.
Je m'efforçai de rire avec elle, pour
donner à M. de Villemort le temps
de se remettre, et nous passâmes
cette soirée le plus tristement possible.

La nuit ne fut pas fort tranquille. Désespérée d'un départ aussi
précipité, comblée de la certitude
d'être aimée, je me rappelai sans
cesse les expressions de M. de Villemort ; je me reprochai le froid et
l'ambiguité de mes réponses, mes
éclats de rire avec la Comtesse :
d'autres fois, je craignais d'en avoir
trop dit, et j'éprouvais que les
amans qui ne sont pas d'accord en-
tr'eux, ne peuvent jamais l'être avec
eux-mêmes. Tour à tour je détes-

tais et chérissais le fatal moment
qui avait produit cette rencontre :
le lendemain nous en procura une
autre. Ne serai-je pas plus heureux
aujourd'hui, me dit M. de Villemort ; ne prononcez-vous point sur
mon sort autrement que par des
leçons et des éclats de rire...? Assurément, lui répondis-je, mes ris
n'avaient aucun rapport à vous ;
vous auriez tort de vous en offenser.

Si ce n'était pas votre intention,
reprit - il, apprenez - moi donc,
Mademoiselle, quel sens je pouvais
y donner : mais non, je le vois,
vous n'avez rien à m'apprendre. Je
ne vous parle pas du billet dont vous
m'avez honoré : quelque sujet que
j'aie de me plaindre de sa froideur,
je n'ose pas murmurer contre des

principes que vous chérissez ; je ne
cherche pas même à les détruire ;
je n'ambitionne que votre confiance.
Ses regards étaient si tendres dans
ce moment, que, malgré moi, je
parus un peu émue. Seraient-ce
vos préjugés, me demanda-t-il, qui
vous prescrivent encore ce silence
obstiné ? Sans eux, je suis sûr qu'avec
une aussi belle ame, vous n'auriez
pas la dureté de refuser un mot
qui peut faire un heureux..... Eh
bien, Mademoiselle, pour vous
prouver combien je respecte votre
manière de penser, combien je vous
adore, je fais le sacrifice de ce mot
que mon amour avait droit d'attendre ; je ne vous en parlerai plus :
dites-moi seulement.... promettez-
moi de vous souvenir pendant mon
absence du malheureux que vous

voyez à..... A mes pieds! ah! je ne
le souffrirai pas, lui dis-je; votre
amour-propre vous manque bien
mal à propos; vous n'êtes pas fait
pour qu'on vous oublie si vite. Ne
comptez-vous pas revenir? Oui assurément: que ferais-je loin de vous?
Vous vous dissipériez : les femmes
que vous allez voir sont aimables.
Elles pouvaient l'être à mes yeux,
me dit-il, avant que j'eusse le bonheur de vous connaître ; mais à
présent, grand Dieu! mon cœur
n'est-il pas à vous pour jamais? Pour
jamais...Eh! répétez donc avec moi
les mots qui précèdent : sans eux,
ce *jamais* que vous prononcez ne
signifie rien. Où est donc, lui dis-
je, ce beau sacrifice, dont vous vous
pariez tout à l'heure ? Hélas! vous
avez raison, je l'oubliais : Eh! que,

I   I I

vos yeux ne feraient-ils pas oublier!
Il me serrait la main; peut-être
pressai-je un peu la sienne : transporté de joie, il m'appliqua un baiser sur le front, et nous nous sépa-
râmes.

Que de matières à réflexion me
fournissait ce dernier entretien! Je
tombai dans une profonde mélan-
colie; je rougis jusqu'au fond de
l'ame d'avoir laissé pénétrer mon
secret. Impitoyable à moi-même,
j'essayai encore de la faible ressource d'avouer tous mes torts à
mon amie.

LETTRE

A MADAME DE RENELLE.

Ne vous le disais-je pas bien avant hier, ma chère maman, que les circonstances devenaient de jour en jour plus critiques pour votre malheureuse enfant, et que vos conseils arriveraient trop tard. J'ai commis une faute irréparable ; grondez-moi, ma bonne amie, mais ne me retirez pas votre estime, car je ne sais ce que je deviendrais, tant je suis abattue, découragée, et prête à me haïr. Qu'on est peu maîtresse de soi, quand le cœur est pris, ma chère maman! Je voudrais trouver des excuses à vos yeux; j'en ai vraiment besoin aux miens, mais je n'en puis tirer que de ma propre faiblesse. Ce funeste hasard, que vous aviez prévu, est arrivé. M. de Villemort m'a trouvée seule (je ne le cherchais pas, ma bonne amie, je vous le jure). J'étais à rêver je ne sais à quoi : hélas! peut-être à lui! il s'approche, il s'empare de mes mains, il tremble, il hésite un instant : enfin il surmonte sa timidité, et, au travers d'un embarras presque aussi grand que le mien, il m'a fait les plus vives protestations de tendresse; il m'a pressé à genoux de lui accorder un mot..... un regard. Je me sauve de ce pas en le priant de s'observer

davantage ; et la Comtesse entre.....
Mais, chère maman, je me suis
encore rencontrée ce matin tête à
tête avec lui, et personne n'est entré.... Il m'a renouvelé ses sermens,
ses instances, etc. Malgré tous mes
efforts, je n'ai pu résister au plaisir
de l'assurer que.... ah ! ma bonne
amie, j'ai osé l'assurer que je ne
l'oublierais pas ! Je lui ai demandé
quand il reviendrait..... il m'a serré
la main..... je lui ai laissé prendre
un baiser. Pourquoi faut-il que des
momens si doux se paient si chers ?
Actuellement, je suis dévorée de remords, de regrets et de repentir ;
voyez-les dans toute leur étendue,
chère maman, et daignez me plaindre si je ne suis pas tout à fait
rendue indigne de votre amitié.

» Pour comble de malheur, il est

parti.... Oui, M. de Villemort est
parti.... très-satisfait en apparence,
et moi désespérée en effet. Je ne
pourrais pas bien vous dire ce qui
l'emporte dans mon ame, ou de la
douleur, ou du repentir. Ah! ma
chère maman, je vous en supplie
pour mon honneur : croyez que c'est
le repentir. D'ici à ce que je reçoive
de vos nouvelles, je ne cesserai
d'être mal avec moi-même : que cet
état est dur, et qu'on est à plaindre
quand la conscience fait des reproches. Vos vertus vous ont préservée
de ce supplice, ma bonne amie,
ainsi vous ne pouvez en avoir qu'une
idée vague ; mais je vous assure
qu'il est tel que je n'admets pas de
plus grande punition.

» Qu'est devenu le temps, cet
heureux temps, où je vivais sous

vos yeux dans un asile paisible, loin de ces vains plaisirs que suit toujours de près l'amertume, ou qui laissent un si grand vide dans le cœur? Alors vos nourrissiez le mien de préceptes sages ; je les goûtais, je les aimais, je me flattais de les suivre; jamais je ne sortais d'auprès de vous que je me trouvasse meilleure et plus disposée à faire le bien. Que j'étais heureuse! A présent, hélas! que suis-je? ma bonne amie, je ne puis y songer, tout m'accable à la fois, et si vous ne venez à mon secours, tout est perdu. »

—————

RÉPONSE

DE MADAME DE RENELLE.

————

« Vos deux lettres me parviennent presque en même temps, ma chère petite; la dernière m'afflige un peu; vous avez de torts réels, mais vos regrets me sont caution que vous suivrez une autre fois plus exactement mes conseils; ainsi, je ne vous gronderai pas bien sévèrement de l'oubli où vous les avez mis. Exiger l'infaillibilité à votre âge, ce serait mal connaître le cœur humain, ou vouloir en imposer; et la vérité seule a des droits sur un caractère

comme le vôtre. Il n'y a que les
ames viles qu'on mène par la crainte.
Il faut savoir montrer aux autres
la vertu douce et aimable, quand on
veut la leur faire pratiquer; mais
pour répondre avec ordre à tout ce
que vous me marquez, je vais vous
suivre. La naïve simplicité de vos
aveux est très-bonne à examiner.

» Je sens combien votre position
est délicate, ma chère petite; vos
malheurs sont communs à toutes les
jeunes personnes dont les mères
sont peu surveillantes et peu capables. Une mère devrait être la
meilleure amie de sa fille, son guide,
son appui et sa confidente. C'est
par la confiance et la tendresse
qu'on gouverne les ames sensibles
et qu'on les ramène vers le bien.
Je ne puis vous tenir lieu de tout

cela que très-imparfaitement, ma chère enfant; écoutez-moi, et vous pourrez tirer quelque parti de vos fautes en fuyant le danger.

» Vous vous efforcez en vain d'apprécier les mouvemens qui vous agitent ; vous voulez tout rapporter à l'amour, et en vous persuadant que vous avez une grande passion dans le cœur, vous vous autorisez insensiblement du pouvoir illimité qu'on lui admet pour excuser les faiblesses d'un simple penchant. Ce n'est pas là le moyen d'éviter les écueils ; au contraire, vous y tomberiez immanquablement, et rien ne vous excuserait, aimable enfant; parce qu'il n'est pas si difficile que vous vous l'imaginez de surmonter les goûts passagers.

» Je ne trouve dans tous vos

détails qu'une forte disposition à l'amour, qui vient autant du besoin de remplir votre cœur, que de l'amabilité qu'offre à vos yeux M. de Villemort. Le véritable sentiment, puisqu'il faut enfin vous le dire, ma chère petite, est fondé sur une base plus solide. Des rapports d'esprit, de mœurs, de caractère et de manière de penser, le font naître : il s'établit par l'estime, il se fortifie par la confiance ; à mesure que ces liens se resserrent, il devient passion exclusive. On ne voit, on n'entend que par le cœur ; les plus petites choses occupent ; les plus importantes ne distrairaient pas un amant du plaisir de former un chiffre qui lui retracerait le nom de son amante enlacé avec le sien. L'univers entier est moins qu'un grain

de sable pour celui qui aime. L'a-
mour, ah ! ma chère enfant, ne
croyez pas que l'amour soit une
étincelle qu'une même cause pro-
duise, reproduise et anéantisse tour
à tour ; c'est un feu divin qui brûle
chaque jour d'une ardeur nouvelle;
il revivifie notre être, il semble en
multiplier les facultés, il rend généreux, humain et envieux d'exer-
cer toutes les vertus, parce que
toutes tiennent à la bonté de l'ame
dont l'amour dilate les ressorts.
Alors il n'est plus de sacrifices qui
coûtent, mais aussi il n'en est
point qu'on exige, dès qu'ils peuvent blesser l'honneur ou la gloire
d'un autre soi-même : retenez bien
cette maxime, c'est une vraie pierre
de touche ; car la délicatesse est
l'essence du sentiment.

» Voilà, ma chère petite, ce qu'é-
tait l'amour dans le vieux temps,
quand les mœurs étaient encore
simples et pures, et que les hommes
conservaient un fonds d'honnêteté
dans le cœur; peut-être qu'il n'existe
pas aujourd'hui dix personnes sur
la surface de la terre qui puissent
dire le connaître : il faut l'avoir
éprouvé pour imaginer la force de
ses effets; on ne le définit jamais bien
qu'on ne le sente, et on ne peut
guere le sentir à quinze ans; chaque
âge a des sensations que les connaissances développent. Heureuses
les femmes qui savent de bonne
heure les modifier par des principes.
Vous seriez de ce petit nombre,
ma chère enfant, si vous vouliez
bien vous laisser convaincre que
les passions sont encore assez loin

d'avoir prise sur vous; elles ne parleront que trop tôt; ne cherchez pas à les dévancer. Voyez votre penchant pour ce qu'il est, il dénote une pente naturelle au désir de plaire, et un attrait vers la sensibilité. Triomphez-en, en évitant tout ce qui le flatte. Défaites-vous de ces billets de M. de Villemort, dont malicieusement vous ne m'avez envoyé que les copies. Quand à celui que vous lui avez écrit, quelque motivé qu'il soit, un homme vain (ils le sont tous du plus au moins) peut y prendre ce que vous n'avez pas prétendu dire ; ainsi, gardez-vous de récidiver. Il n'est jamais permis à une fille bien élevée de donner des preuves parlantes de sa confiance à un jeune homme dont l'étourderie peut nuire à sa

réputation, ou un mauvais procédé
la perdre d'honneur. Rien n'est tel
que de conserver son indépendance.
Les hommes profitent de tout pour
étendre leur empire, et ils ne né-
gligent pas, comme vous avez vu,
de s'arroger des libertés, car ce
que vous aviez répondu à M. de
Villemort n'était point assez dé-
cisif pour l'autoriser à prendre un
baiser. Fuyez, ma chère enfant,
fuyez ses rencontres, ces tête à
tête, ces familiarités qui corrom-
pent tôt ou tard l'innocence ; pro-
mettez-moi de les fuir, tenez parole,
et je vous réponds du reste; songez
que dès-lors que la Comtesse n'approuve pas les vues de M. de Villemort pour le mariage, vos liaisons
avec lui vous attireraient une infi-

nité de peines intérieures, et de chagrins cuisans au dehors.

» Adieu, ma chère petite, tirons le rideau sur le passé ; suivez mes conseils, le calme ne tardera pas à renaître dans votre cœur. »

~~~~~~~~~~~~~~~~~~~~~~~~~~~~~~~~~

LETTRE

A MADAME DE RENELLE.

————————————

« VOTRE lettre me rend une nouvelle vie, chère maman ; elle ranime mon courage et semble porter des lumières consolantes dans mon ame. Que ne m'avez-vous fait plutôt le portrait du véritable amour, je n'aurais pas cru être soumise à son empire, et vous m'auriez épargné bien des inquiétudes dévorantes. Non, ma bonne amie, à ces traits je ne me reconnais point ; ce que j'éprouve est bien moins absolu. Il

I   12

faut, comme vous le dites, que ce
ne soit qu'un simple penchant,
car je ne puis me rendre raison de
ce qui m'entraîne. J'estime M. de
Villemort, sans avoir d'autre certitude qu'il soit estimable; je l'aime
uniquement parce que je le trouve
aimable. J'ignore si j'aurais confiance en lui; nous ne nous sommes
vus que des instans seuls, et il faudrait des heures, peut-être des jours
et des années. Ainsi, ma bonne
amie, ce n'est point là l'amour.
Vous me rassurez beaucoup; cependant je sens bien quelques-unes des
choses que vous définissez : par
exemple, rien ne m'est si cher que
l'image de M. de Villemort; je relis
souvent ses billets; je prends un
plaisir extrême à être partout où
il a été. J'en goûterais beaucoup à

former des chiffres, si j'en savais faire; j'ai même essayé, mais tout cela n'est qu'un attrait sans fondement solide; j'en conviens, et je ne cesse de m'en étonner; car je vous ai entendu dire, chère maman, qu'il n'y avait jamais d'effet sans cause. Au surplus, j'essaierai de ne plus y songer; c'est à moi de me taire et de vous écouter : oui, ma bonne amie, je vous promets une obéissance aveugle, quoi qu'il m'en coûte. Je commence par vous sacrifier ce qui me reste de M. de Villemort; je le fuirai soigneusement; mais, après cela, si j'aime encore, vous vous souviendrez, chère maman, que vous m'avez répondu de tout. Adieu, ma bonne amie, on vient m'interrompre.

» *P. S.* Je ne savais, chère ma-

man, qui venait troubler le plaisir
que je goûte à m'entretenir avec
vous ; c'est une madame Dubois,
femme de l'intendant de la Comtesse, une très-bonne personne et
bien obligeante ; il semble qu'elle
s'intéresse à mon sort. Je fus d'a-
bord surprise de l'air de mystère
qu'elle mit dans sa visite ; elle me
demanda à plusieurs reprises pourquoi j'étais seule.... Où était tout le
monde....? Elle regardait de tout
côté, elle écoutait attentivement si
elle n'entendait personne ; je ne
comprenais rien à tout cela ; mais,
toujours en défiance vis-à-vis de
tout ce qui entre ici, je n'osais lui
faire de question. Enfin, elle tira
une lettre de son porte-feuille :
Voilà, Mademoiselle, m'a-t-elle
dit, ce qui m'amène ; je serais ve-

nue plutôt, si je n'avais craint de
paraître suspecte; car j'imagine que
vous attendez impatiemment des
nouvelles qui me sont fort recom-
mandées. Je rougis jusqu'au blanc
des yeux, et je pris la lettre en
tremblant: qui vous l'a donc donnée,
lui demandai-je? Mademoiselle,
elle m'est venue par la poste; on
me prie de vous la remettre en
main propre, on ne signe pas, il
n'y a pas même d'adresse, comme
vous voyez, mais surement vous
vous doutez bien de qui...? Le tim-
bre était de Poitiers : je me doute
de très-peu de chose, repris-je ; j'ai
peu de connaissance dans ce pays-
là.... je ne vous suis pas moins obligée de votre attention.

» Je tournais la lettre dans mes
doigts tout en lui faisant mes re-

mercîmens..... Lisez-là donc ; me
dit-elle. J'entrevis qu'un mouvement de curiosité pouvait entrer
dans ses sollicitations ; je l'assurai
que je préférais de causer avec elle ;
alors elle s'en fut.

» Vous devinez bien, ma bonne
amie, que c'est encore de M. de Villemort, dont il est question ; j'en suis
fâchée ; car je ne voulais plus m'occuper de lui ; cependant, vous voyez
combien il est tendre, aimable et
honnête. Voici sa lettre ; vous me
marquerez ce que vous voulez que
je fasse ; en vérité, je ne l'ai lue que
cinq à six fois ; vous ne me gron-
derez pas pour cela, chère maman,
puisque je renonce au plaisir de la
lire davantage. »

LETTRE

DE MONSIEUR DE VILLEMORT.

« Que le sort est cruel de m'avoir
séparé de vous, ma chère amie ; de
grace permettez-moi de vous donner ce nom, il sera au moins un
diminutif de celui pour lequel je
sacrifierais bien tout ce que je pos-
sède. Eh ! qu'est-ce, en effet, que le
bien, les honneurs, les richesses
sans le cœur de ce qu'on aime ? si
tous ces vains trophées pouvaient
avoir quelque prix, ce serait.... mais
je le répéterai sans cesse : qui ose-

rait se croire digne de vous Ah ! ma
chère et mon unique amie, en m'é-
loignant des lieux que vous habitez,
j'ai tout perdu ; j'y ai laissé la por-
tion la plus précieuse de mon être.
Je sens qu'il n'est plus de bonheur
pour moi là où vous n'êtes pas. Les
tendres embrassemens d'une mère,
les touchantes caresses d'une sœur,
les vives marques d'attachement
d'une famille entière ne peuvent
adoucir la douleur qui m'accable ;
elles irritent ma sensibilité et ne
l'excitent pas. Je n'existe plus que
pour vous et par vous. O mon
amie ! quelles impressions vos traits
ont fait sur mon ame ! quels caractères ineffaçables vos vertus ont
gravés dans mon cœur ! que ne pouvez-vous y lire, vous verriez que
la sincérité de l'hommage qu'il vous

offre à toutes les minutes du jour, est aussi pur que vous êtes honnête et vertueuse! vous cesseriez de vous alarmer; vous banniriez des craintes que je ne mérite pas ; et peut-être hélas !... ma chère amie, pardonnez-moi un faible espoir, lui seul me soutient dans mon malheur.

» Je ne me rappelle pas sans un vif transport le moment avant celui où je vous quittai : j'étais à vos genoux, je croyais voir dans vos yeux un peu d'attendrissement ; une sorte d'émotion animait la plus jolie, la plus intéressante des physionomies. Je saisis la main que vous me tendites pour me relever, j'osai vous la serrer...... Ne pressâtes-vous pas la mienne? Au moins vous me promîtes de ne point m'oublier. Avez-vous daigné vous en souvenir? Que

I   13

vous étiez séduisante, dans cet instant ! les graces de la naïveté , les
charmes de la modestie se peignaient
sur toute votre personne. Vous pa-
raissiez me dire , devinez ce que
mes principes m'obligent de taire.
Interprétez mon silence , et soyez
assez généreux pour ne me point
arracher un aveu dont ma délicatesse
serait blessée. Ah ! chère et trop
chère amie , si je vous ai comprise ,
confirmez-moi mon bonheur , ayez
pitié de l'état d'incertitude auquel
je suis réduit ; partagée sans cesse
entre la crainte et l'espérance , mon
ame ne suffit plus à ce que je sens ,
mon sort est entre vos mains ; dites
un oui , et tous mes vœux sont
comblés. Ce mot me rendra le plus
heureux des mortels ; il n'augmen-
tera surement point mon amour ,

cela est impossible, mais il accroîtra
mon respect ; il me pénétrera de
reconnaissance, et je me croirai
uni à vous par des liens indisso-
lubles. Que ces liens seraient doux,
ma chère amie, dans la chaleur de
mon enthousiasme ! j'imagine réellement vous voir, vous entendre.....
j'ose vous serrer dans mes bras.....
Hélas ! où êtes-vous.....? Vous me
fuyez ; ah ! ne craignez rien, fille
adorable ! le véritable amour n'est
point téméraire, il n'inspire rien
dont vous ayez à rougir. Le cœur
seul agit de concert avec l'ame, et
leur étroite union intercepte toutes
autres facultés. Périsse mille fois le
vil mortel qui pourrait souiller ce
sanctuaire ; mais l'idée m'en fait
horreur. Je prends le ciel à témoin
que votre innocence, votre candeur

me sont aussi chères que l'honneur
et la gloire. Mon amour est fondé
sur vos vertus. Si jamais j'étais capable d'enfreindre ce serment, je
consens à encourir toute votre indignation : mais , ma bonne amie ,
mon dernier soupir sera pour vous
jurer que je vous adore comme
vous méritez de l'être.

» *P. S.* Je vous ai écrit sans savoir par quelle voie je vous ferai
parvenir ma lettre. Le sentiment
est fécond en ressources ; je me
flatte qu'il m'en fournira qui ne
vous compromettront point. Adieu,
trop aimable amie , adieu , puisqu'il
le faut. »

RÉPONSE

DE MADAME DE RENELLE.

« Ne nous occupons plus que du présent et de l'avenir, ma chère petite; le passé nous fuit : trop heureuses quand il peut ensevelir avec lui nos écarts; il ne faut se les rappeler que pour éviter les circonstances qui pourraient en produire de nouveaux; ainsi, laissez-là les regrets et formez de bonnes résolutions.

» J'ai brûlé tous les papiers contenus dans le paquet; puissent-ils être les derniers ! Je forme ce vœu, et vais travailler à le voir accomplir, en répondant pour vous à M. de Villemort. A quoi son imprudence

ne vous expose-t-elle pas, ma chère
enfant? Que penserait-on de vous
dans le monde, si cette madame
Dubois allait jaser? Que de chagrins
pour vous, si la Comtesse venait à
être instruite; en vérité, j'en tremble. Voilà, voilà pourtant où entraîne un sentiment frivole; ses
conséquences sont plus dangereuses
que s'il était réel, parce que l'on
saurait sacrifier ses plus chers intérêts au repos d'une femme que l'on
aimerait par principes. Mais les hommes se laissent gouverner par l'imagination, et l'imagination échauffée
hasarde tout. Je ne puis vous tirer
de ce pas critique, ma chère enfant,
quelque ennemie que je sois des
subterfuges, qu'en y ayant un peu
de recours. La réputation est une
chose si précieuse, qu'au prix de

mon sang je voudrais conserver la vôtre. Ne voyez donc, dans les détours dont je vais user, que mon amour pour votre gloire, et qu'ils ne vous induisent point à erreur. L'importance seule du motif peut justifier une démarche qui blesse la droiture et trahit la vérité ; encore faut-il que le motif soit dénué d'intérêt personnel. Comme les distinctions sont trop subtiles pour ne pas produire quelquefois des méprises ; restez inviolablement attachée au principe : qu'en général, il vaut mieux supporter un blâme que de se le sauver par l'artifice ou le mensonge. La fausseté est le vice le plus odieux, comme les femmes fausses sont les plus méprisables. J'ignore ce que je dois penser de celle qui a pu se charger, pour une jeune personne, d'une lettre qu'elle supposait venir d'un amant. Ce peut être une bonne personne d'ailleurs, mais, à coup sûr, la commission, que lui donne là M. de Villemort annonce qu'il ne la croit ni fort honnête, ni fort scrupuleuse. Je serais bien fâchée que vous vous liassiez particulièrement avec elle, et je regarde si essentiel de la désabuser, que je lui écris. Vous trouverez ci-joint mes deux lettres ; cachetez-les, et envoyez-les lui sans aucune apparence de mystère, par la première occasion qui se présentera. Le rôle qu'elle a joué est assez bas pour espérer qu'elle ne vous en parlera point devant personne. Mais, ma chère petite, quelque évènement qu'il arrive, gardez-vous bien de mettre votre confiance dans les femmes de l'espèce de madame Dubois; vous pourriez en rencontrer plus d'une en votre chemin : ce sont de ces ames viles qui savent se masquer aux yeux de l'innocence pour la mieux séduire. Rien ne la caractérise comme ce ton officieux, cette complaisance facile, cette attention à seconder vos désirs, à les pénétrer, à les prévenir, et surtout à flatter vos défauts. N'imaginez point que ce soit intérêt ni attachement, c'est malignité toute pure : l'honneur des autres leur fait honte; l'unique satisfaction qui leur reste est de corrompre la vertu. Hélas ! combien de malheureuses n'ai-je pas vu devenir leurs victimes! rapportez-vous en à mon expérience, ma chère enfant, elle vous tiendra lieu de celle qu'on n'acquiert jamais qu'à ses dépens. »

LETTRE

DE MADAME DE RENELLE
A M. DE VILLEMORT.

« CES caractères vous surpren-
dront sans doute, Monsieur ; vous
n'y reconnaîtrez pas ceux que vous
attendez en vain de mademoiselle
de Mosan ; elle est mon élève, mon
amie, et, j'ose le dire, trop digne de
mon amitié pour entretenir une
correspondance de lettre avec un
jeune homme de votre âge. Puisque
vous savez si bien apprécier ses vertus, je suis surprise que vous lui sup-

posiez si peu de principes et autant
d'imprudence; je ne m'étonne pas
moins qu'en voulant vous parer
d'un sentiment épuré, vous trans-
gressiez ses premières règles. Avez-
vous pu vous aveugler au point de
ne pas sentir que c'était compromettre de mille manières différentes
mademoiselle de ***, que de lui
écrire, et d'adresser votre lettre à
une femme que votre confiance
même rend suspecte ? Pour prévenir les suites toujours funestes d'une
pareille étourderie, je prends cette
fois tout sur mon compte; mais les
droits que l'amitié me donne sur
mademoiselle de *** m'autorisent,
Monsieur, à vous prier de cesser
toute correspondance avec elle; je
ne prétends pas vous faire un crime
des sentimens que vous avez pris

pour elle; elle intéressera tous ceux qui la connaîtront, et elle mérite leur estime. Quand il serait vrai que vous lui auriez plu, je suis convaincue que ce serait à ce même titre, et que la candeur de son ame n'en aurait pas été altérée; ainsi, elle n'en vaudrait pas moins à mes yeux; mais observez, s'il vous plaît, que si les convenances ne sont point d'accord avec votre inclination, vous ne pouvez prétendre à rien vis-à-vis d'une fille trop bien née pour hasarder aucune fausse démarche : il est encore temps, Monsieur, d'éviter une source de peines pour vous, et de malheurs pour elle; plus vous vous piquez de lui être véritablement attaché, plus vous devez la fuir.

» J'ai l'honneur d'être, Monsieur.

» *P. S.* Vous pouvez être certain que mademoiselle de *** approuve cette lettre, puisque c'est elle qui se charge du soin de vous la faire parvenir..... *Oui, Monsieur.* »

LETTRE

DE MADAME DE RENELLE,
A MADAME DUBOIS.

« MADEMOISELLE de Mosan m'a
fait passer , Madame , la lettre que
vous avez eu l'attention de lui remettre; trouvez bon que je profite
des mêmes occasions que vous avez
sans doute pour envoyer la réponse ,
et que je vous prie de faire parvenir
celle-ci à l'ami de mon frère. S'il
eût été plus sûr de mon adresse , il
n'aurait importuné ni vous ni mademoiselle de Mosan. Je vous dois

à l'une et à l'autre bien des remer-
cîmens; recevez-les, Madame, et
croyez que personne n'est plus que
moi votre très-humble servante. »

~~~~~~~~~~~~~~~~~~~~~~~~~~~~~~~~~~~~~~~

LETTRE

A MADAME DE RENELLE.

« Que de graces n'ai-je point à
vous rendre, ma chère maman,
mon incomparable amie. Vous
me tirez d'un abyme de maux.
Votre lettre m'a assez éclairée
pour les entrevoir, et la conduite
de madame Dubois pour ne m'en
pas laisser douter. Hélas ! ma bonne
amie, à quoi sont exposées les
jeunes filles qu'on abandonne à
elles-mêmes ! tout semble concourir à leur perte : mille pièges sont
tendus sur leurs pas ; leur simplicité et leur bonne foi deviennent

en quelque sorte l'écueil de leur innocence. N'aurions-nous donc pas assez à faire de nous défendre contre les ruses d'un sexe qui met sa gloire à nous séduire? Je frémis, chère maman, des dangers qui m'environnent; et la sécurité où j'étais sur le compte de madame Dubois s'est changée en soupçons, peut-être exagérés par la crainte, mais il n'est plus en mon pouvoir d'avoir bonne idée d'elle. Croyez, ma bonne amie, que j'ai de l'horreur pour tout ce qui n'est point honnête.

» Cette femme, qui appréhendait de paraître suspecte l'autre jour, a déjà banni une partie de ses scrupules; elle est revenue deux fois sous de vains prétextes, uniquement, m'a-t-elle assuré, pour que je pusse

I   14

lui remettre ma réponse. Vous êtes trop bonne, lui ai-je répondu d'abord, je ne crois pas qu'il y en ait, j'ai envoyé la lettre..... Comment, Mademoiselle, vous avez confié votre écriture à quelqu'un ? Ne deviez-vous pas bien plutôt m'attendre, et compter que je ne négligerais pas l'occasion de vous être utile ? Vous ne pouvez pas douter que je ne sois attachée à vos intérêts plus qu'aux miens ; et ce n'est pas, j'espère, la dernière preuve que je vous en donnerai par mon exactitude à vous servir. Mais, de grace, pour vous, pour moi et pour la personne qui vous écrit, soyez une autre fois plus circonspecte. Tout le monde n'est pas discret, il s'en faut bien ; un seul mot de lâché pourrait me faire bien du mal, et vous ôter la ressource la plus sûre, que, sans me flatter, je puis dire que vous avez en moi.

» Elle parlait avec tant de volubilité, que je ne pus l'interrompre ; à la fin, elle s'arrêta, en m'examinant de la tête aux pieds.

» Vous vous échauffez mal-à-propos, repris-je ; ce n'est point mon écriture que j'ai envoyée, c'est la lettre même que vous m'avez remise.

» Quoi, Mademoiselle, vous la lui avez renvoyée ? Il sera bien triste, ce pauvre Monsieur ; car surement on ne peut pas vous aimer à demi ; et cela n'est point encore sans inconvénient. Si on interceptait cette lettre on devinerait bien que c'est à vous qu'elle s'adresse. Qu'elle est la femme de ce pays-ci capable d'ins-

pirer un homme aimable, si ce
n'est vous ? Tenez, Mademoiselle,
le monde est bien méchant; il ne
suffit pas de cacher que vous aimez, il faut encore avoir bien soin
qu'on ne sache pas que l'on vous
aime. On ne rencontre que de mauvaises langues; et nous n'avons pas
de plus grands ennemis de notre
réputation que les femmes qui ont
joui du plaisir de perdre la leur.
Mon dieu, vous rougissez! Pourquoi
donc ? Allez, soyez tranquille, s'il
arrivait quelque chose, je saurais y
remédier; M. de Villemort me connaît bien, il ne se serait pas confié
légèrement.

» Mon embarras était extrême;
je ne voulais pas indisposer cette
femme, moins encore voulais-je
mentir. Je pris cependant sur moi,

pour déguiser le plus qu'il me fut possible. Mais, Madame, votre imagination va bien vîte. M. de Villemort vous serait obligé, s'il pensait à moi, des soins que vous prenez de m'en instruire. Vous a-t-il chargée ?.... Ah ! Mademoiselle ; j'ai bien deviné au premier coup-d'œil tout ce que vous lui avez inspiré; ses sentimens ne pouvaient point m'échapper. Au reste, ses vues tendent sûrement au mariage, elles n'ont rien qui doive blesser votre délicatesse, et si je n'en étais pas persuadée, vous pensez bien que je serais la première à vous conseiller de..... M. de Prévalle entra dans cet instant, elle fut interdite. Est-ce que je vous interromps? nous demanda-t-il? Mon dieu non, Monsieur, Mademoiselle me parlait de

son couvent, qu'elle regrette toujours ; cela fait l'éloge de son bon
cœur, car assurément elle est bien
moins assujétie auprès de madame
la Comtesse, qui paraît une excel-
lente mère.

» Ce trait de fausseté m'a indignée, ma bonne amie, et je vous
assure que je suis bien résolue de
briser court avec cette dangereuse
femme ; sans vous, j'aurais pu facilement être sa dupe, Qui sait si je
ne l'aurais pas été aussi de M. de
Villemort, et ce que je serais de-
venue ?.. car, comme vous l'observez
très-bien, on craint davantage de
nuire à l'objet de son amour quand
on aime véritablement ; pour moi,
je ne voudrais pas d'un bonheur
qui ternirait sa gloire. Aussi sens-
je bien que les motifs les plus pres-

sans se réunissent pour m'engager à renoncer à lui, et j'abjure dans ce moment-ci toutes mes erreurs. Oui, ma bonne amie, ma chère maman, je vous promets de ne plus m'occuper qu'à les réparer. Je veux oublier absolument M. de Ville-mort. Afin même qu'il n'en puisse pas douter, et peut-être pour me donner des armes contre ma fai-blesse, j'ai ajouté à votre apostille un *oui*, Monsieur, en très - gros caractères, pour le convaincre que j'approuvais tout; ainsi, vous voyez, chère maman, combien je désire de redevenir digne de vos bontés. Puissé-je un jour être dans le cas de vous en marquer toute ma re-connaissance; croyez qu'elle est sans bornes, et que, comme mon ami-tié, elle sera éternelle. »

~~~~~~

LETTRE

DE MADAME DE RENELLE.

« Pauvre innocente, qu'avez-vous
fait ? Quoi, vous ajoutez un mot
à ma lettre, et c'est précisément
l'unique que demande M. de Villemort par la sienne. Vous vouliez lui
ôter tout espoir, et vous le comblez.
O simplicité d'ame, ô ! droiture de
cœur ! Comment pourvoir à tant d'inconvéniens ? J'avoue, ma chère petite, que vous avez bien mis ma
prévoyance en défaut, mais que cela
vous apprenne qu'avec des inten-

tions pures on peut faire des démarches imprudentes, et qu'une jeune fille ne doit jamais rien hasarder hors des règles que lui prescrivent ses devoirs, lors même qu'elle croit y envisager un bien évident.

» Brûlez vos plumes, ma chère enfant, déchirez votre papier, répandez votre encre, plutôt que de l'employer désormais pour quelque homme que ce soit. Les paroles volent, mais les écrits, ah! les écrits, chère petite, sont des monumens qui attestent nos faiblesses et les multiplient, pour ainsi dire, en les transmettant aux yeux de la postérité. Peu de caractères sont assez heureusement nés pour mettre à profit les fautes des autres, et la plupart se laissent entraîner par

I   15

le mauvais exemple. Il vous reste
une satisfaction intérieure, aimable
enfant ; ne la perdez pas , c'est à
elle de vous rendre justice sur les
causes , en déplorant leurs effets;
car les intentions seules consti-
tuent le crime; aussi ne prétends-
je pas dire que vous soyez coupable.

» Il faut à présent voir comme
M. de Villemort aura pris ce malheureux *oui ;* mais ne vous flattez
pas; les hommes sont trop vains
pour qu'il ne l'interprète point en
sa faveur. Ils sont de plus encore
trop adroits pour qu'il ne saisisse
pas le parti qu'il peut tirer d'une
pareille circonstance, dût-il feindre
de se croire aimé.

» J'ai vu avec plaisir le peu de cas
que vous faites de madame Dubois.

Tâchez d'éviter ses nouvelles questions, mais, autant par intérêt personnel que par humanité, ne lui nuisez point. Les belles ames, en méprisant le vice, savent plaindre le coupable. Adieu, ma chère petite, je vous embrasse de tout mon cœur. »

La lettre de madame de Renelle m'ouvrit les yeux sur mon étourderie, et m'eût jeté dans une perplexité extrême, si la bonté avec laquelle elle semblait m'excuser en me blâmant n'eût un peu ranimé mon courage. Il ne s'agissait plus de gémir, il fallait prendre de fermes résolutions pour l'avenir ; j'arrangeai un plan de conduite très-différent du passé. Mais que pensera ce pauvre Villemort, me disais-je ?

ce pauvre Villemort ne me sortait
pas de l'esprit, quoique je pusse
faire. S'appliquer à oublier quelqu'un, n'est assez ordinairement
que s'en occuper davantage. Je ne
savais point encore cela ; il est un
âge où les réflexions se bornent aux
évènemens. Néanmoins je ne me
dissimulais point que la pitié que
m'inspirait M. de Villemort avait
ses dangers ; mais j'avais beau me
les exagérer, malgré tout ce que
m'avait mandé madame de Renelle
sur la nature de mon attachement,
j'aurais mis le terme du bonheur
au plaisir d'avouer que j'aimais. Je
n'admettais pas de combats au-delà.
Il n'entrait pas même dans mon
idée qu'on pût rien exiger de plus.
S'aimer et se le dire devait remplir
tous les vœux. C'était dans mes

principes une chose très-aisée que
d'y borner ses désirs. Par désirs, je
n'entendais parler que de ceux du
cœur, car je ne connais pas les
autres de commande. Puis une réflexion toute simple venait à la suite
de ce raisonnement. Au fond, il n'y
a pas grand mal à cela, mais madame de Renelle y en trouvait;
c'était à mon cœur à se taire et à
l'écouter. M. de Prévalle se joignit
à elle pendant cet intervalle pour
me donner des conseils sensés et
dignes d'un ami qui connaît les
hommes. Je ne dirai pas qu'il me
convainquit. La mauvaise opinion
qu'il voulait me faire prendre de
ceux de son sexe en général tour-
nait au contraire au profit d'un
seul objet en particulier. Je ne
croyais en M. de Villemort aucuns

des défauts qu'il reprochait aux autres. Une seule chose m'alarma, ce fut l'interprétation qu'il prétendait que donnaient tous les hommes aux serremens de mains. Ah !... j'en fus confondue et anéantie ! l'idée que M. de Villemort pouvait me mésestimer m'était odieuse, et j'en voulais à madame de Renelle de ne m'avoir pas mieux instruite des conséquences qu'entraînent ces misères. Il était bien vrai qu'en abandonnant ma main à M. de Villemort, j'avais goûté une sorte de douceur; mais jamais je n'en avais compris le sens. L'indiscrétion, la vanité des hommes, dont M. de Prévalle me fit aussi le tableau, ajouta encore à toutes mes craintes; je les gardai néanmoins pour moi. J'étais peu disposée à la confiance, et les confidences de cette espèce sont ordinairement les dernières que l'on fait.

Un mois d'absence me donna le temps de réfléchir, et de prendre de fermes résolutions. Quand M. de Villemort revint ; il me trouva beaucoup plus réservée. Son air froid m'apprit du reste les soupçons qu'il en concevait ; et dans la conversation générale, il glissait une infinité de choses qui me le faisaient sentir. Je souffrais singulièrement ; l'amour et la décence élevaient dans mon ame des combats continuels. Que fut-ce, quand il se fut décidé à m'écrire le billet suivant.

BILLET

DE MONSIEUR DE VILLEMORT.

« Ne m'aviez-vous accordé, Mademoiselle, la grace que je vous avais
demandée à tant de reprises que
pour me rendre ensuite le plus
malheureux des hommes ? Depuis
que vous m'en avez cru digne,
qu'ai-je fait qui ait pu me rendre
l'objet de votre dédain ? je n'ose
pas dire mépris ; car si je le pen-
sais.....Ah! de grace, Mademoiselle,
ne me faites point mourir à petit
feu ; si je suis coupable, si j'ai violé

mes engagemens vis-à-vis de vous, si j'ai transgressé les sages conséils de votre respectable amie, punissez, accablez tout d'un coup un amant infortuné : mais si vous ne formez que d'injustes soupçons, mettez-le à portée de se justifier. Ah ! grand Dieu ! quel pourrait être mon crime, si ce n'est de vous adorer uniquement, et de vous respecter plus que femme au monde ? Eh ! qui oserait m'en faire un crime ? dépend-il donc de nous de sentir ou de ne sentir pas ? Non, ma chère amie, il est bien plus à mon pouvoir de cesser d'être, et j'y suis résolu dès que ma présence vous est à charge. Si j'emporte un regret, ce sera celui de n'avoir point tranché le cours de ma vie dans l'instant où je pouvais mourir heureux. Au moins mon dernier soupir sera-t-il un dernier serment que je n'aurai jamais aimé que vous. »

Rien ne pourrait rendre les diverses impressions que ce billet fit sur mon ame, ni l'effroi dont il me saisit , ni les repentirs que me causaient mon imprudent *oui*, auquel M. de Villemort avait donné un sens opposé à mon intention , mais que mon cœur ne démentait pas. N'osant plus écrire, sous quelque prétexte que ce fût, j'envoyai le billet à madame de Renelle, dans l'espérance qu'elle y répondrait.

LETTRE

A MADAME DE RENELLE.

« Serai-je donc toujours également malheureuse, chère maman, soit que je suive strictement vos conseils, soit que je m'en écarte, et la raison n'est-elle plus qu'affligeante, quand une fois on a méprisé ses préceptes ? Je me flattais d'avoir recouvré la mienne ; j'avais fait provision de forces, mais M. de Villemort est de retour. Hélas ! c'est vous dire qu'elles sont prêtes à m'abandonner ! l'air froid dont je l'ai reçu l'a pénétré jusqu'au fond de l'ame. Voyez ce qu'il me marque, où le conduit son désespoir, tout ce que j'ai à en redouter. Prescrivez-moi, chère maman, ce qu'il faut que je fasse. Grand Dieu, s'il allait attenter à ses jours avant que vous l'ayez calmé !... ma bonne amie, quelle douleur.... quel éclat, et que deviendrais-je ? Il n'est que trop vrai, j'ai fait innocemment son malheur. C'est l'espoir qu'il a conçu qui a fortifié ses sentimens pour moi. Comment actuellement parviendrai-je à les détruire ? le puis-je sans blesser la vérité, et est-il jamais permis de la trahir ? Que cet état d'incertitude est affreux, ma bonne amie ; puisque l'amour est de tous les états, il est aussi une sorte d'amour pour tous les

âges. Ne nous abusons point. J'aime
M. de Villemort selon que j'ai de
facultés aimantes ; mais il est toujours vrai que je ne puis pas encore
dire pourquoi je l'aime. Ne serait-ce
pas parce qu'il m'est attaché ? Non,
pourtant, car nous nous sommes plu
réciproquement presqu'au même
instant.... En vérité, il y a dans tout
ce que j'éprouve des choses bien
indéfinissables. Oui, chère maman,
si je ne vous chérissais pas tendrement, je croirais ne chérir que
M. de Villemort, et cependant
c'est malgré moi. Notre cœur n'est
donc pas à nous, puisqu'il se donne
ainsi quand il lui plaît ? Mais qui le
fait mouvoir ?.... Ma bonne amie,
je n'y connais rien.

» M. de Villemort voyant le lendemain qu'il ne recevait pas de ré-

ponse en me donnant la main au
retour de la promenande, me demanda s'il devait rester ou partir.
Quelle étrange question, lui répondis-je! Est-ce à moi à décider
pour vous entre le plaisir et l'ennui? Non, Mademoiselle, aussi ne
puis-je consulter que le vôtre.
J'ignore ce qui a pu me faire
perdre votre estime, je comprends
qu'avec vous les absens ont tort.
Je me retire. Mon estime, repris-
je, est toujours la même; mais j'ai
su que je m'étais méprise dans les
témoignages que je vous en ai
laissé prendre, qu'ils pouvaient me
nuire dans votre esprit, et il ne me
suffit pas que mes intentions soient
droites, il m'importe encore que
vous n'en puissiez douter. Du reste,
ma manière de penser est et sera ce

qu'elle a été, soit que vous partiez
ou que vous demeuriez. Nous ren-
trions, il me serra la main, et dès
ce moment l'intelligence parut renaître entre nous. Contente une fois
de moi-même, je passai une nuit
délicieuse, dans la persuasion où
j'étais que j'avais satisfait aux sentimens sans blesser l'honnêteté. La
réponse de madame de Renelle
vint un peu altérer ma joie, en
contrariant ce qu'elle nommait un
simple penchant, sans doute pour
m'ôter tout prétexte de m'y livrer.

~~~~~~~~~~~~~~~~~~~~~~~~~~~~~~~

LETTRE

DE MADAME DE RENELLE.

————————

« Ce n'est point, ma chère petite,
parce que vous suivez aujourd'hui
mes conseils, que vous êtes malheureuse, c'est pour vous en être
écartée. On ne trahit pas en vain
ses devoirs ; il faut que le cœur en
subisse la peine. Soyez amie de la
raison, et elle cessera de vous paraître affligeante. Si ses leçons sont
dures parfois, les fruits qu'on en
retire indemnisent toujours au-
delà de l'attente.

» Il n'y a point de réponse à faire à M. de Villemort ; son billet est le style de tous les amans, ce langage est usé ; soyez tranquille, il se calmera de lui-même ; et si vous continuez de lui montrer du froid, il ne tardera pas à vous oublier. Quoique l'on nous regarde comme le sexe le plus faible, vous devez savoir, mon cher enfant, qu'on nous a réservé l'honneur de la défense. Vous pouvez donc taire votre secret sans sortir de votre caractère, et vous le devez par amour de vos principes. Il est toujours bien de montrer de la droiture et de la franchise ; mais n'imaginez pas que cela vous impose la loi de révéler tout ce qui se passe dans votre cœur ; ce serait tirer d'un principe certain des conséquences très-fausses : pensez

I.   16

ce que vous dites, gardez-vous de
dire tout ce que vous pensez, et
n'usez point de dissimulation pour
cela, soyez réservée seulement; voilà
tout ce que je vous demande. L'a-
mour est de tous les états sans doute;
puisque le sentiment est involon-
taire, il a ses degrés selon les
âges. Oui, ma chère enfant, vous
avez très-bien trouvé tout cela, mais
à tout âge on résiste en fuyant, et
souvent on succombe en voulant
combattre; ainsi, vous n'avez pas
deux partis à choisir.

» Quant à vos deux autres questions, ma chère petite, il faudrait
entrer dans des détails presque mé-
taphysiques pour les résoudre. Avec
le temps vous comprendrez que
notre cœur est à nous, puisqu'il est
l'essence de notre être; mais que

c'est de lui qu'émanent toutes nos vertus, en lui que résident toutes nos faiblesses, que de ses bonnes ou mauvaises qualités dépendent nos bonnes ou mauvaises actions ; de celles-là , l'estime générale , qu'il est si doux d'obtenir , plus satisfaisant encore de mériter. Pour moi , je considère le cœur comme l'ame de notre ame , car ce n'est pas nous qui le faisons mouvoir , c'est toujours lui qui fait agir. Adieu , ma chère enfant : quelque chose que m'inspire le mien , je n'ai pas le temps de vous en dire davantage. »

Non, me disais-je , après avoir lu cette lettre , je n'ai qu'un parti à prendre , qui est celui de fuir; mais en me persuadant que je fuyais M. de Villemort , je me contentais de ne le pas chercher. Il avait repris toute son amabilité, quelquefois nous nous rencontrions; je me retirais précipitamment, la rougeur peinte sur le visage et la confusion dans les yeux. Souvent il faisait l'éloge de cette modeste timidité, qu'il nommait charmante, divine, et qu'il respectait, me disait-il, autant qu'il chérissait son bonheur. Dans ses propos, il se montrait capable des plus grands sacrifices pour une femme vertueuse, dont il serait sûr d'être aimé, et néanmoins il cherchait à pénétrer sur quels motifs roulaient tous mes principes. Était-ce religion? était-ce préjugé? était-ce gloire? était-ce le composé d'un peu de tout cela, qui forme la vertu la plus durable? J'adoptais la dernière idée.

comme plus analogue à mon caractère. Les mots séparés, disais-je,
quelque bien sentis qu'ils puissent
être, ne me paraissent pas suffisans,
s'ils ne sont tous réunis contre le piège
que vous autres hommes tendez con-
tinuellement à la vertu. Et j'avais été
fidelle jusques-là à ma parole, M. de
Villemort ne s'était point trouvé
seul avec moi. Par hasard je le rencontre sur un escalier, il m'arrête
pour me demander de mes nouvelles ; même question de ma part :
je ne suis pas bien, me dit-il,
je souffre prodigieusement depuis
deux heures. Où allez-vous, continua-t-il, en me tendant la main ?
Nulle part, lui répondis-je, fort
embarrassée : Eh bien, descendons
au cabinet d'assemblée : car la place
n'est pas tenable ici. Je me laissais

conduire sans articuler un seul mot, bien décidée de ne pas manquer aux engagemens pris avec madame de Renelle, et de quitter M. de Villemort sous quelque prétexte. Il tenait toujours ma main ; sentant que je voulais la retirer, il passe un bras autour de moi. Ne m'arrêtez pas davantage, lui dis-je ; je veux aller chez la Comtesse ; absolument je le veux..... Quel trouble charmant ! quelles craintes mal fondées ! rassurez vous, me dit-il, je suis incapable de vous manquer ; je ne voudrais seulement que payer un tribut à cette bouche de rose..... L'action fut si vive que je ne pus m'en défendre... Interdite et fâchée, je voulais me plaindre de cette hardiesse, qui me paraissait indécente ; quelqu'un entra, et je sortis.

» La Comtesse m'apprit ce même jour qu'elle partait le lendemain pour la Rochelle : il fallait quitter M. de Villemort ; mais quel dédommagement ! j'allais voir madame de Renelle. Que de choses n'avais-je point à lui communiquer ! Je parle sincérement, je volai sans nul regret à la grille, et là je fis à mon amie une confession bien exacte de tout ce qui s'était passé. L'amour perd rarement quelque chose de ses droits ; n'était-ce pas parler de M. de Villemort ? Votre M. de Villemort, me dit madame de Renelle, me donne une assez bonne opinion de lui, par la violence qu'il s'est faite dans votre dernier tête à tête. Peu d'hommes seraient capables de cette retenue. Il respecte votre innocence, c'est un honnête garçon ;

mais ne vous y fiez pas plus pour
cela. Emporté par la passion, il
pourrait perdre l'empire qu'il montre avoir sur ses sens; et s'il venait à vous manquer..... Je vous
défends de le revoir..... En vérité,
tout cela était autant d'énigmes pour
moi. Mais mon amie détestait les
questions, j'étais forcée de retenir
ses maximes avec toute leur ambiguité; peut-être m'auraient-elles
été plus profitables si elle les eût
renfermées dans des bornes moins
étroites et plus développées.

Notre voyage ne fut pas long.
M. de Villemort ne tarda pas à nous
venir joindre; et, avec le temps, ce
qu'avait prédit madame de Renelle
arriva. Indignée de ce qu'il avait osé
me serrer une seconde fois dans ses
bras et me donner un baiser, je

ne lui dis que ces quatre mots,
de votre vie ne pensez à me revoir.
Cela ne pouvait s'entendre que
pour le particulier, car je ne pouvais lui interdire la maison de la
Comtesse. Les souplesses ne coûtent rien aux hommes : M. de Villemort me retient, se jette à mes
genoux, me demande mille par-
dons, s'excuse sur un transport plus
fort que lui; sa raison s'était égarée, disait-il, il n'avait pu en être le
maître, il s'en repentait, il expie-
rait sa faute par la plus austère
retenue; il ne me quitterait pas que
je ne lui eusse tout pardonné. Laissez-moi.... laissez-moi, lui dis-je;
je vous promettrais ce que je ne veux
pas tenir; je vous méprise... J'espère
vous haïr bientôt. Je m'arrachai
d'auprès de lui sans qu'il m'en coûtât

le moindre effort.... Mon amour-
propre, ma vanité, ma candeur,
tout était blessé, et mon cœur ne
prêtait aucune excuse à une pareille
offense. Son prétendu transport,
sa raison égarée, me paraissaient
autant de chimères : il est des choses
dont l'innocence ne peut se faire
d'idée juste ; je croyais tout bonnement que les transports dépendaient
de la volonté, et je ne concevais
pas qu'on osât avoir des volontés
auprès d'une femme telle que moi.
C'était dans mes principes le comble
de l'ignominie. Plongée dans une
profonde tristesse, je ne sais lequel
je détestais le plus, de M. de Villemort ou de moi : je crois que c'était
tous les deux. Je m'accusais d'étourderie, d'imprudence, et je le fuyais
très-exactement. Toujours adroit à

profiter de l'occasion, il hasarda un jour de me renouveler à voix basse ses protestations et son repentir..... Ne me parlez pas, lui dis-je, de ce que je voudrais qu'il fût en mon pouvoir d'oublier..... Je ne vous en parlerai donc plus, par délicatesse, Mademoiselle, et je serai si soumis, que je vous forcerai à me rendre votre estime. Je prendrai sur moi le soin de vous fuir; je ne m'exposerai plus à cet indigne oubli...... Non, je ne puis soutenir votre défiance. Je le quittai brusquement, il en profita pour aller m'écrire.

BILLET

DE M. DE VILLEMORT.

« Si vous refusez de m'entendre,
Mademoiselle, au moins daignez
me lire. Je sens assez l'étendue de
ma faute; n'achevez point de m'ac-
cabler; permettez que je me pros-
terne à vos genoux, pour vous y
jurer un repentir éternel. Ma chère
amie, ne le découvrez-vous pas jusques dans mes regards? Seriez-vous
inexorable? De grace arrachez-moi
plutôt la vie; dès-lors que vous me
méprisez, il n'est que trop vrai que

je suis indigne de vivre.... Mais est-
ce bien moi qui ai pu vous manquer ?
Quoi! j'ai pu oublier un instant le
respect qu'inspirent les caractères
de la vertu, dont vous êtes l'image!..
O Dieu! mes larmes, mes soupirs,
les remords dont je suis rongé, ne
peuvent-ils donc effacer mon égarement ? Ma chère amie, rentrons
dans les bornes de la nature; veuillez
compâtir aux faiblesses qu'elle a
attachées à l'humanité : assujétis par
elle à de violentes impressions, nous
n'avons sur nos sens, nous autres
hommes, qu'une volonté si précaire,
qu'en vérité je suis plus digne de
votre pitié que de votre courroux....
Hélas ! si vous saviez combien de
fois j'ai résisté avant d'oser être téméraire, et tout ce qu'il m'en coûte
depuis, je ne vous trouverais pas

si insensible à mes regrets : néanmoins je voudrais pouvoir racheter
ce crime de la dernière goutte de
mon sang. Ordonnez, et je vous jure
que vous le verrez couler. »

J'étais trop indignée pour me
laisser convaincre d'abord ; la honte
même et la confusion m'empêchèrent de confier mes sujets de plainte
à madame de Renelle.

M. de Villemort n'attendait point
de réponse ; il n'espérait que d'être
favorisé du hasard pour me parler,
et il était adroit à le saisir. Un jour,
sentant que, malgré toutes mes résolutions de ne lui jamais pardonner, il commençait de m'ébranler,
je m'éloignai de lui avec une sorte
d'émotion qu'il interpréta en sa
faveur, et dont il résolut de tirer

parti. Pendant long-temps il ne me
parla plus que de son respect, de
son amitié, de son estime ; le mot
d'amour était comme proscrit; s'il
me rencontrait, c'était une circonspection, dans le discours et dans le
maintien, faite pour tromper les
plus habiles dans l'art de pénétrer
les motifs. On nous taxe, hélas !
d'artifice ! mais serions-nous capables d'autant de fourberies raison-
nées pour abuser l'innocence? Née
droite et franche, je fus absolument
dupe de cette conduite, je m'ap-
plaudissais intérieurement de n'a-
voir rien mandé à madame de Renelle. Elle m'avait ordonné, disais-
je, de ne plus parler à M. de Villemort ; il est cependant d'autres
moyens de rappeler les hommes à
la vertu, et d'en faire des amis.

Pour mieux regagner ma confiance, M. de Villemort trouva le secret, à force de me chercher partout, de me rencontrer souvent seule, et d'y être d'une sagesse que moi-même j'admirais. Une douce joie paraissait se peindre sur toute sa physionomie. Quelque chose de très-tendre semblait s'y joindre ; mais aussitôt qu'il se sentait animé, il s'éloignait en me disant que j'étais trop dangereuse.... Comment une âme délicate ne serait-elle pas sensible à ces procédés, lorsqu'elle les croit sincères ? La mienne se livra toute entière à la flatteuse illusion que l'amour lui présentait pour la séduire. Je me persuadai cette fois que j'étais aimée avec autant de candeur et de vertu que j'aimais moi-même. Je me reposais

de tout sur la probité de M. de
Villemort, je lui laissai voir toute
mon estime. Quand il jugea m'a-
voir ramenée au point de confiance qu'il désirait, il tenta un
nouvel effort. J'aurais, me disait-il
un jour, des choses très-impor-
tantes à vous communiquer ; accordez-moi une demi-heure d'entretien.... Demandez-moi des choses
possibles, lui répondis-je, il n'en
est point auxquelles mon amitié
réfuse de se prêter, mais celle-ci
dépend entièrement du hasard ;
profitez des momens. Oh ! nos momens sont trop cours, trop incer-
tains, reprit-il ; je voudrais causer
avec vous sans gêne et sans crainte...
Qui m'empêcherait, par exemple,
qu'un soir.... Ah ! bon Dieu, que
me proposez-vous là ? m'écriai-

je !.... y pensez-vous ? comment
cela peut-il entrer dans votre imagination ? Un soir ? Sentez donc
que d'inconvéniens renferme cette
proposition, et que de doutes elle
pourrait me donner sur l'intérêt
que vous devriez prendre sur ma
réputation..... En effet, nombre de
dicours que je lui entendais tenir
depuis long-temps avec la Comtesse sur la conduite des femmes,
sur les ménagemens qu'un honnête
homme ne pouvait se dispenser de
garder, et une infinité d'autres, qui
semblaient ne tendre qu'à m'instruire indirectement, se présentè-
rent à mon esprit dans ce moment,
et me rendaient M. de Villemort
suspect ; mais il est si aisé d'en imposer à une ame droite, qu'il sut
encore dissiper tous mes soupçons ;

il crut que le seul moyen de m'a-
mener à ses fins était de donner
très-peu d'importance à la chose,
et de me persuader que mes craintes
n'étaient que l'effet du préjugé : oui
préjugé, me disait-il ; que fait la
nuit ou le jour, dès que les intentions sont droites et qu'on est avec
un ami sûr ? Depuis que vous me
connaissez, ajouta-t-il, je pense
avoir fait mes preuves..... Non, lui
répondis-je, je ne vous reconnais
pas aujourd'hui. L'ami délicat doit
chérir l'honneur de son amie, et il
ne devrait pas l'exposer au hasard.
Ce n'est point assez pour nous que
d'être sages, il faut encore le paraître. Eh, que voudriez-vous que
l'on pensât, si malheureusement
j'étais vue ou entendue! Mais cela
n'arrivera point, ma chère amie,

fiez-vous-en à ma prudence, à mes
précautions....... Non, non, repris-
je, je ne me fierai à rien, et je ne
vous dissimulerai pas même que
ceci me devient très-suspect. Il vous
faudrait beaucoup plus de temps
pour arranger ce vain projet, que
pour vous ouvrir sur ces choses importantes que vous voulez me communiquer. Pourquoi ne pas profiter
de cet instant, que nous perdons à
discuter?.... Oh, vous parlez très-
bien !...... très-clairement, Mademoiselle ; je vous entends..... Oui,
vous êtes de ces femmes qui exigent
les plus grands sacrifices, et qui
sont incapables d'en faire un de la
plus petite espèce. Je le vois bien ;
je me trompais lourdement en
comptant sur votre amitié. Vous
ne m'accordez pas seulement votre

estime. Je vous suis suspect ; moi suspect , après tout ce que ..... mais je ne vous le serai pas plus long-temps , Mademoiselle ; je devais partir très-incessamment , je vais hâter mon départ : il sortit en achevant ces mots.... Son air sombre ne m'affecta pas beaucoup ; il s'en aperçut au ton libre et aisé que je conservai tout le reste du jour. Il sentit qu'il s'était trompé dans le choix des moyens ; que je n'étais pas femme à céder à la force par faiblesse ; il changea de batterie : il redevint tendre et empressé, et il porta toute l'attaque vers le cœur, toujours sous l'apparence de l'amitié. Que de subterfuges ! malheureusement mon peu d'expérience ne me permettait pas de les découvrir ; au contraire , je ne vis dans M. de

Villemort qu'un homme aveuglé par le sentiment ; je crus qu'il puisait tous ses torts dans la droiture de son cœur. Je n'attendis pas ses excuses pour lui pardonner. Une ame franche et vraie ne peut apprendre qu'à ses dépens à se méfier des autres. M. de Villemort trouvait toujours le secret de me joindre. Quelques jours après, il me demanda si j'avais réfléchi sur la prière qu'il m'avait faite, et s'excusa sur la manière dont il m'avait quittée. Vous êtes bonne, ma chere amie, me dit-il, vous devez concevoir combien il a du me paraître dur de vous être suspect ; il est constant que je ne vis et ne respire que pour vous ; je fais ma plus chère occupation de vous le prouver..... Ne me sera-t-il pas permis d'espérer un peu de retour ; et pour la première grace que je vous demande, me la refuserez-vous inhumainement ?... Il me tenait la main serrée dans la sienne; son regard était si tendre, que peut-être parus-je un peu émue. Regardez-moi donc, ma chere amie, continua-t-il ; ne m'aimeriez-vous plus , moi qui vous adore, qui vous sacrifierais tout ? Quelles sont vos craintes , vos doutes , vos scrupules ? Parlez , je vous promets de me rendre à tout ce que vous exigerez..... Ce que j'exige , est que vous renonciez à la folle prétention de me faire faire une fausse demarche. J'y ai bien réfléchi; et plus j'y pense, plus la seule idée m'effraie. ah ! ma bonne amie !..... Non , non , je ne commettrai point cette imprudence. Vous ne vous fiez donc pas à mon honneur , à ma probité ?

Quand je m'y fierais, repris-je, les
autres sont-ils obligés d'y croire?
Non sans doute, ma chère, mais
les autres n'entrent pour rien dans
ceci; ils ne nous verront point, et je
vous proteste, foi d'honnête homme,
que je n'ai nulle vue dont vous ayez
à rougir. Je serai la nuit ce que vous
me voyez le jour; je ne vous appro-
cherai même point si vous ne le voulez, et ne me permettrai pas la
moindre plainte sur la distance où
vous me tiendrez de vous. Je ne
veux et je ne désire que d'emporter
une preuve de votre amitié. Mon
respect, ma tendresse ne mérite-
ront-ils donc rien auprès de vous.....
Bornez vos désirs aux effets possibles, lui-dis-je, et vous me trouverez capable de tout ce qu'il y a
d'honnête et de généreux. Mais .....

Mais, ma chère ... toujours des mais; on vient, je vous laisse; j'espère.... Ah! n'espérez rien! Pendant plus de trois semaines nous eûmes nombre de ces conversations, et chaque jour ses instances devenaient plus pressantes à mesure que l'instant de son départ approchait.

BILLET

DE M. DE VILLEMORT.

« En bien, mon adorable amie, n'abandonnerez-vous donc jamais des craintes qui m'offensent ? Le moment qui va m'arracher d'auprès de vous n'aura-t-il aucun droit sur votre cœur; ce cœur, qui est si bon, cette ame, qui est si noble, ne fera-t-elle point un généreux effort en faveur du sentiment le plus pur qui puisse exister? A Dieu ne plaise que je pense avoir besoin de justifier mes motifs à vos yeux; ma conduite ne vous permet surement pas de douter de leur droiture. Mais, ma chère amie, supposons que ce soit simplement affaire de raisonnement; croyez-vous qu'un amant qui s'éloigne pour six mois, peut-être, hélas! que bien plus, veuille séduire une maîtresse qu'il adore et dont il chérit la gloire? Qul fruit retirerais-je d'une smblable infamie, que la honte de l'avoir tentée infructueusement? Ce n'est point à vous que je dis cela : c'est à votre digne amie, que j'imagine que vous consultez en tout. Non, mon aimable amie, non ma chère D***, on n'a point de telles vues, à moins d'être un misérable! Quand je vous demande un acte de complaisance, c'est par le désir d'emporter la seule preuve de tendresse qu'il vous soit permis de donner. Madame de Re-

nelle fait sa charge, en vous défen-
dant de me l'accorder ; elle ne
me connaît point ; mais vous, qui
lisez dans les plus secrets replis de
mon ame, pouvez-vous bien me sacrifier à un préjugé ? L'amour n'unit-
il pas nos cœurs ? Mon Dieu , pourquoi faut-il tant d'explications ? Je
serais comblé de n'avoir aucune ré-
sistance à vaincre, de devoir tout à
la confiance. Ah ! ma chère , vous
ne savez point encore aimer comme
j'aime, puisque vous n'envisagez
pas le plaisir qu'on goûte à obliger
un amant ! moi, que ne vous sacri-
fierais-je pas.... ? On vient, adieu.
Songez que de ce que je vous demande dépend le bonheur de notre
vie. »

RÉPONSE

AU BILLET DE M. DE VILLEMORT.

« Homme intarissable en plaintes comme en prières, demandez-moi la vie, mais laissez-moi l'honneur ; vous ne voulez point y attenter, je le crois ; autrement, daignerais-je vous répondre ? Non, je suis convaincue de la sincérité de vos promesses ; je rends justice à vos intentions, je fais plus encore peut-être, je déplore votre aveuglement. Si vous y persistez, il fera votre malheur, parce qu'en voulant exiger de moi plus que je ne dois,

vous me forcerez à douter de votre
délicatesse, et vous, de votre côté,
vous douterez de mes sentimens.
J'y ai songé; ma réputation est la
seule chose que je ne puisse point
vous sacrifier. »

BILLET

DE M. DE VILLEMORT.

« Je ne suis donc qu'un homme
pour vous, ingrate amie ? ah! que je
me flattais d'être bien plus à celle
que j'aime! Un homme, en vérité ce
trait me déchire le cœur ; que vous
connaissez mal l'amour! je devrais
être pour vous ce que vous êtes pour
moi, l'univers entier ; mais je vous
fais pitié : vous déplorez mon aveuglement, déplorez-en donc aussi la
cause, puisqu'elle vous est si peu
chère. Est-il étonnant qu'un amant

désire obtenir une faible certitude qu'il est aimé ? Et quand on l'aime véritablement, peut-on en refuser des preuves innocentes ? Non, ma chère amie, ces faux principes ne sont point dans la nature. Si je suis à vos yeux quelque chose de plus qu'un homme, vous rendez justice à ma délicatesse : vous ne m'induirez pas à douter de vos sentimens ; vous viendrez recevoir les sermens d'un amant qui vous adore ; vous vous reposerez sur lui du soin de votre honneur ; vous concerterez avec lui un projet de la dernière importance, et vous serez sûre qu'il ne veut point de votre vie, mais que la sienne est à vous.

RÉPONSE.

« S<small>I</small> vous voulez être plus qu'un
homme pour moi, cessez donc d'en
avoir les faiblesses. Vous serez l'univers entier pour moi quand je vous
verrai plus attaché à ma gloire qu'à
votre satisfaction personnelle. D'ici
là, je suis fondée à présumer que
vous n'aimez que vous, et vous
pourriez bien cesser de me faire
pitié. »

BILLET

DE M. DE VILLEMORT.

« Il faut en effet que vous me sup-
posiez bien peu de délicatesse, Mademoiselle , pour la blesser aussi
souvent. Autrefois vous m'alléguiez
des raisons , actuellement vous vous
bornez aux reproches ; mais il est
vrai qu'ils sont laconiques, O Dieu !
est-ce ainsi que l'on écrit quand on
sent ! Barbare , dépouillez-moi donc
de toute ma sensibilité, ou ne l'ou-
tragez pas ! Quoi, vous n'avez fait
naître dans mon ame quelque espoir

que pour l'en punir ! Hélas ! de quel poids vont m'être des jours que je traînerai loin de vous ! je part presque certain que j'adore une ingrate, que je .... Ah ! chere ame de ma vie, je ne puis supporter cette idée; non, je ne partirai point, je mourrai plutôt de douleur sous vos yeux-.... Parlez, au moins, c'est le plus tendre amant et le plus infortuné des hommes qui vous en supplie. »

RÉPONSE

« Vous voulez que je parle ; eh bien écoutez-moi : la sincérité est sur mes lèvres comme la vérité est dans mon cœur. Rien n'excusera ma franchise si vous en abusez, je le sens, mais la confiance est l'ame du sentiment, et le sentiment l'emporte sur toute autre considération.

» Puisque je me suis avouée mille fois que je vous aimais, je crois pouvoir vous le dire ; enfin, un penchant invincible m'attache à vous, il est si pur, que ma vertu ne s'en alarme point. J'ignore si c'est amitié ou amour ; tout ce que je sais, c'est que je ne l'ai jamais senti que pour vous,

et qu'à moins que vous ne cessiez
d'en être digne, vous pouvez compter qu'il sera durable : mon ame
abhorre jusqu'à la moindre apparence du vice. Ne me demandez
donc plus rien qui puisse me faire paraître coupable; sortez du délire qui
vous a aveuglé au point de vous exposer à me compromettre. Le plus
grand de vos désirs est satisfait.
Vous ne vouliez qu'une certitude
d'être aimé, la voici : un aveu de ma
part vaut mille sermens ; goûtez le
bonheur que vous y attachez sans
vous exposer à m'en faire repentir.

» Je vous ai assez détaillé mes
raisons précédemment, pour n'avoir
plus rien à vous dire sur l'entrevue
que vous m'avez demandée ; mon
estime souffrirait qu'il en fût question davantage ».

BILLET

DE M. DE VILLEMORT.

« Quel aveu ! vous m'aimez ; mais
avec quel froid mortel me le dites-
vous. Dieux ! si vous sentiez comme
moi, que vous vous exprimeriez
différemment, ma chère amie ! l'a-
mour s'est-il jamais payé du faible
langage de l'amitié ? Non, vous ne
m'aimez pas ; mon bonheur a passé
comme un songe. Votre dernier
billet achève de détruire l'illusion
la plus chère à mon cœur..... Un
penchant vous attache à moi : Eh !

qu'est-ce qu'un penchant? Vous ne savez si c'est amitié ou si c'est amour : Ah! ce n'est ni l'un ni l'autre ! Le sentiment, quel qu'il soit, est toujours distinct. Cruelle amie, que ne gardiez-vous un éternel silence !.... Plus je relis votre billet, plus il m'accable. Chaque phrase est marquée au coin de la hauteur, du dédain, et presque du mépris ; pas une ne caractérise la tendresse. Et vous voudriez que je renonçasse à la preuve que je vous ai demandée ! Non, vous me la rendez plus nécessaire que jamais ; je vous la redemande de nouveau à genoux, ma chère, mon unique amie ; ne me réduisez-point au désespoir ».

~~~~~~~~~~~~~~~~~~~~~~~~~~~~~~~~~~~

RÉPONSE.

« C'EN est trop, Monsieur, vous avez désillé mes yeux. Une femme qui sent qu'elle a tort d'aimer, cesse bientôt d'être coupable : n'attendez plus ni explications, ni reproches, ils sont désormais au-dessous de moi ».

BILLET

DE M. DE VILLEMORT.

« Juste ciel! c'en est donc fait ! Ce n'était point assez d'être indifférente... je suis haï et méprisé. Qui me donnera assez de forces pour cacher mon désespoir ? Quoique vous pensiez de moi, Mademoiselle, je ne veux point vous compromettre; je sens que je ne soutiendrais pas vos regards ni votre présence. J'aime mieux m'éloigner pour quelques jours. Demain je serai parti avant votre réveil. Si vous n'êtes pas la plus ingrate et la plus insensible des

femmes , la pitié aura quelque droit
sur votre ame , et vous vous atten-
drirez sur le sort du plus malheureux des hommes ».

M. de Villemort se flattait sans
doute que son absence me ferait une
vive impression ; qu'à son retour il
pourrait en tirer de nouvelles armes
pour me toucher. Mais j'étais trop
indignée de son défaut de délicatesse , elle m'avait ouvert les yeux ,
et dès que je commençais à douter
de la foi de ses sermens , je ne vis
plus en lui qu'une ame basse, capable
de tous les subterfuges. J'eus honte
d'être entrée en discussion sur l'article d'un rendez-vous , quoique je
n'eusse pas eu le moindre combat
intérieur à soutenir pour le refuser ;
et le mépris étouffa presqu'en un

instant jusqu'aux plus légères traces du sentiment dans mon cœur. Etait-ce candeur ou vertu, qui produisit cet heureux effet ? Etait-ce amour-propre ou vanité blessée ? Etait-ce de ma part une méprise de sentiment, si commune à seize ans ; et n'avais-je pris pour M. de Villemort que du goût tout au plus, ou peut-être de l'amitié au lieu d'amour ? C'est ce qu'il ne me fut pas possible de définir dans le temps. Depuis, affectée pour quelqu'un qui avait des vues plus solides et plus honnêtes, j'ai cru n'avoir aimé que très-faiblement. Mais mon amour propre pourrait encore être intéressé à porter ce jugement ; il est, au reste, divers degrés de sentiment, et l'on ne connaît bien son cœur qu'après l'avoir éprouvé. Un attachement,

quel qu'il soit, n'est durable qu'autant que l'estime et la confiance en
serrent les liens. Comme le dernier
billet de M. de Villemort me faisait
entendre que je n'étais pas encore
quitte de ses persécutions, puisqu'il
devait revenir, je résolus d'y mettre
fin à quelque prix que ce fût; l'occasion me favorisa. Une de mes amies
était venue dans le voisinage; elle
désirait me voir; je lui mandai
qu'elle pouvait prier son père et sa
mère de me demander pour quelque temps à la Comtesse; que s'ils
venaient eux-mêmes l'en prier, j'étais
persuadée que n'ayant pas le moment de la réflexion, elle ne refu-
serait pas. Mon amie fut comblée;
elle ne savait pas le service qu'elle
me rendait; persuadée qu'elle ne
devait ceci qu'à ma tendresse, elle

mit tout en œuvre pour en retirer
le fruit ; et l'après-dîner même je les
vis tous arriver en famille. La jeune
personne et moi sortîmes ensemble ;
on profita de notre absence pour déterminer la Comtesse , qui m'ac-
corda sans beaucoup de difficultés.
A peine fûmes-nous rentrées , que
M. de St.-Sirant me marqua la joie
qu'il avait de me posséder pour la
première fois de sa vie ; il dit à ce sujet des choses obligeantes à sa fille , et
il la félicita de m'avoir encore pour
compagne (nous avions été au couvent ensemble) ; un instant, après il
me présenta la main , j'embrassai la
Comtesse, et nous montâmes en car-
rosse. M. de Villemort était allé se
promener, il dut être fort surpris
de ne me plus trouver ; il en devina
surement le raisons. Pour moi , j'é-

tais fort aise de m'éloigner de lui. Ce
n'était point à la vérité après le plaisir que je courais. La maison de
M. de St.-Sirant était une des plus
ennuyeuses que je connusse. Homme
vain , plein d'ostentation et pieux
tout ensemble , honnête homme
d'ailleurs , mais dur ; il avait eu soin
de bannir de chez lui tous les agrémens de la société , dont son orgueil ne dédommageait personne :
sa femme ne manquait pas d'une
sorte d'esprit ; mais sa dévotion la
rendait si rampante vis-à-vis de son
mari , qu'elle s'était presque totale-
ment pliée à son humeur ; ma pauvre amie , quoique la plus intéressante de leurs enfans , était celle
de tous la moins chérie, Née vive ,
son caractère n'était pas tourné à la
piété , et on lui en faisait un crime.

Elle n'avait pas beaucoup de talens, faute d'avoir pu les cultiver, mais elle montrait des dispositions pour tous. Il ne lui fallait que l'occasion de se développer. Doublement malheureuse de voir qu'elle lui manquerait long-temps, par la manière dont M. de St.-Sirant la traitait, elle me fit une telle compassion, que je n'aperçus en elle que ce qu'il y avait d'aimable, et je m'y attachai assez essentiellement pour m'ennuyer près d'un mois avec elle. On ne trouvait pas un livre dans cette grande et vaste maison. M. de St.-Sirant, qui se piquait d'avoir lu autrefois, me questionna sur mes lectures; je n'eus garde de me vanter de toutes celles que j'avais faites; Rollin, de Thou, Mezeray, étaient les auteurs que je connaissais le moins. Cependant je les possédais assez passablement pour pouvoir les citer. On me donna des louanges infinies ; je passai pour un petit prodige de science et d'esprit. Sans cesse on me donnait pour exemple à la pauvre St.-Sirant ; on s'imaginait que j'employais à méditer le temps que je passais seule ; j'avais beau assurer que je n'étais pas si dévote, on n'en croyait rien ; c'était modestie toute pure.

J'avais profité de mon premier moment de liberté, depuis mon départ du château de la Comtesse, pour écrire à madame de Renelle ; mais, l'avouerai-je à ma honte : confuse, désespérée de tout ce qui s'était passé, je n'eus pas d'abord le courage de lui en faire l'aveu. Pour la première fois, mon orgueil l'emporta sur l'amitié et sur la confiance que je lui devais. Néanmoins, peu accoutumée à la dissimulation avec elle, je fus très-embarrassée ; j'éprouvai mille combats. D'un côté, le cœur cherchait ce soulagement si rempli de charmes pour une ame sensible ; de l'autre, la vanité, cette souveraine qui commande avec tant d'empire, surtout à mon sexe, imposait des lois très-dures à ma franchise ; mon amour-propre était un jeu, je cédai à son impulsion, je ne mandai à mon amie que la centième partie des dangers où m'avait exposée une crédule bonne foi, qui toujours entraîne l'imprudence, puis les regrets et le repentir. Le mien perçait à travers l'ambiguité de mon style.

~~~~~~

LETTRE

A MADAME DE RENELLE.

———·———

« NE m'adressez plus vos lettres chez la Comtesse, ma bonne amie ; je vous écris d'un séjour où l'air que je respire est plus pur ; la vertu y est à l'abri des persécutions. Peut-être les ai-je fui trop tard ; mais enfin j'ai trouvé le moyen de fuir ; c'est toujours plus que je n'espérais ; le courage ne me manquait pas, l'indignation l'animait ; je n'étais en peine que de l'occasion, et mon amie, mademoiselle de St.-Sirant,

a bien voulu me la procurer : je
lui dois surement plus qu'elle ne
pense. Ah ! chère maman, qu'il est
humiliant d'être dupe ! qu'il est dangereux d'être bonne ! qu'on est à
plaindre d'être née sensible ! j'é-
prouve ces trois sortes de peines
plus vivement qu'il n'est possible de
le peindre. Puisse au moins la triste
expérience que j'en fais me sauver
de plus grands écueils. J'apprends,
bien jeune encore, à connaître les
hommes ; mais je me flatte qu'aucun
d'eux ne nuira plus à mon repos.
Je me propose de passer des jours
plus tranquilles dans la pratique
exacte de vos préceptes, et je compte,
autant que je le désire, ne pas retrouver M. de Villemort. C'est, ma
bonne amie, tout ce que j'ai la force
de vous dire aujourd'hui. D'ailleurs,

la pauvre St.-Sirant est si aise de me voir, qu'elle ne me laisse pas une minute à moi. Vous savez qu'elle n'est point heureuse; si je puis adoucir son sort, je m'applaudirai doublement d'être venue la voir. Elle me paraît très-changée à son avantage; quand je lui ai parlé de vous, elle m'a sauté au cou, pour me prier de vous embrasser de sa part. Jamais elle n'a été si pressante; mais en revanche, tout ce qui l'entoure est bien peu attrayant. La voilà qui vient m'arracher ma plume, adieu, chère maman, ma bonne et tendre amie; jetez un regard de commisération sur votre élève, sur votre enfant. Son cœur est rempli d'amertume, et au moment où elle vous quitte, ses yeux se baignent de larmes ».

LETTRE

DE MADAME DE RENELLE.

« Que signifie votre évasion de chez la Comtesse, ma chère petite ? Elle me paraît bien précipitée, puisque vous n'avez pas eu le temps de m'en prévenir. Que s'est-il donc passé ? Pourquoi ne suis-je instruite de rien ? Etait-ce dans les circonstances où vous aviez le plus besoin de conseils, qu'il fallait négliger de m'en demander ? Il y a près d'un mois que je n'ai eu de vos nouvelles, et qu'est-ce que celles que vous me donnez ! Ah ! chère petite, sûrement vous m'en imposiez, mais je vous le pardonne ! Vous vous en imposiez à vous-même ; vous êtes si naïve, si vraie, si franche, que je ne puis vous imputer que de l'erreur. Cependant votre ame n'est point dans une assiette tranquille. Vous comptez, vous désirez ne plus retrouver M. de Villemort ; se serait-il oublié ? Vous vous proposez de passer des jours plus sereins dans la pratique de mes préceptes..... Auraient-ils eu quelque atteinte ? Je m'y perds. Malgré la longue habitude que je me suis faite de régler mon imagination, votre lettre lui fait faire plus de chemin que je ne voudrais..... Je tremble.... J'espère, pourtant..... Au surplus, si j'avais tort d'espérer, ne me l'avouez pas, car je serais aussi humiliée que vous, et plus fâchée, peut-être.

» Remerciez mademoiselle de St.-
Sirant de l'honneur de son souvenir.
Je me la rappelle très-bien, elle a
de l'esprit, et surtout de l'esprit
agréable. Vous êtes encore toutes
deux dans cet âge heureux où la ri-
valité de mérite ne se fait sentir que
faiblement. Mais prenez des précautions contre l'avenir, ma chère enfant ; gardez-vous de certaines ou-
vertures de cœur, pour une jeune
personne plus démonstrative que
solide. Il est des choses qu'il faudrait
pouvoir se cacher à soi-même. A
présent que vous imaginez connaître un peu le danger du commerce
des hommes, étudiez les femmes,
et vous verrez qu'elles ne sont pas
toutes aussi vraies qu'elles affectent
de le paraître : la bonne politique
serait de gagner la confiance de celles

avec lesquelles on se lie, sans leur accorder la nôtre ; mais c'est un art difficile à ménager ; je vous crois trop sincère pour y réussir. Adieu, ma chère petite ; si votre cœur est rempli d'amertume, le mien est rongé d'inquiétude sur ce que vous me dissimulez ».

LETTRE

A MADAME DE RENELLE.

« Non, ma bonne amie, vous n'avez pas tort d'espérer : ah ! quelle injure vous me faites ! que ne pouvez-vous voir le trouble que ce doute a jeté dans mon ame ? Hélas ! de quoi me plaindrais-je ! Je ne porte que la peine que devait m'attirer une fausse dissimulation, fondée sur une gloire encore plus fausse. Pardonnez-moi cette faiblesse, prise dans l'humanité ; mon cœur n'y a point eu de part ; je me jette à vos

I   21

genoux, et vous promets un aveu sincère de tous mes écarts ; c'est la seule réparation que je puisse vous offrir. J'ai des torts, sans doute, mais seraient-ils de l'espèce que vous craignez? Des étourderies, quelques imprudences, trop de simplicité, une bonne-foi dont j'ai déjà été dupe à un certain point ; voilà mes torts. J'ose me flatter qu'ils ne me nuiront pas dans votre cœur. J'ai été assez à plaindre d'avoir à supporter les reproches intérieurs ; si j'étais réduite à perdre votre estime, au lieu de mépriser M. de Villemort, je finirais par le haïr, lui et toute son espèce. Votre amitié est mon unique soutien dans ma position ; si vous m'abandonniez à la rigueur de mon sort, la vie me serait insupportable; Il est sûr que je me détesterais moi-

même. Ah ! mon amie , que les
hommes sont fourbes et faux ! Il ne
m'arrivera plus de faire d'excep-
tions, j'ose vous en répondre. Peut-
être vous verrai-je dans peu; permettez que je remette à ce temps de plus
grandes explications ; et daignez,
en attendant , calmer l'agitation où
je suis par quelques assurances de
votre tendresse. Que je meure mille
fois , plutôt que de m'en rendre indigne.

» *P. S.* Soyez tranquille , chère
maman , sur l'article des confidences ; je n'en ai point fait à mademoiselle de St.-Sirant ; mais il est
vrai que j'y ai résisté avec peine ;
elle m'a trouvée plusieurs fois bai-
gnée de larmes ; celles qu'elle a
mêlées aux miennes , la vivacité de
ses offres , la tendresse de ses re-

proches, ses obligeantes questions,
m'ont touchée jusqu'au fond de
l'ame. Si votre lettre ne fût pas arri-
vée, je doute que je ne lui eusse pas
tout dit. Elle a un extérieur si affa-
ble, si bon, qu'il semble impossible
que le fond du caractère n'y réponde
pas ; mais je ne veux plus m'écarter
en rien de vos conseils, ma chère
amie ».

Le lendemain que j'eus rassuré
madame de Renelle sur les inquiétudes que mon défaut de confiance
pouvait lui avoir occasionnées, je
fus très-surprise de recevoir une
lettre de M. de Villemort.

LETTRE

DE M. DE VILLEMORT.

« Quel fut mon étonnement, Mademoiselle, de ne plus vous trouver chez madame la Comtesse, d'où vous ne sortiez jamais ? Croyez que je ne me suis pas mépris sur vos intentions ; certainement vous me fuyez, au risque de tout ce qu'il peut en arriver. Si j'osais encore me flatter d'avoir quelque droit à votre tendresse, je dirais : *elle se fie à ma probité ;* mais la haine seule guide vos pas, et vous em-

pêche d'envisager mon désespoir
d'assez près pour en redouter les
effets. Grand Dieu ! combien il faut
que je vous aime, puisque j'ai su
me contenir. Mademoiselle, si vous
doutez de ma droiture, au moins
apprenez à connaître l'amour, son
pouvoir, et l'homme tel qu'il est,
quand, préoccupé d'un attachement
honnête, on le force à ne plus
écouter que les passions. Dans
l'excès de ma fureur, peu s'en est
fallu que je ne fisse un éclat. J'ai
balancé un instant, si par un aveu
sincère je ne hasarderais pas de vous
obtenir de madame la Comtesse en
dépit de vous-même, ou si je ne
volerais pas sur vos traces, accom-
pagné de manière que vous ne
puissiez m'échapper. Aujourd'hui
j'ai honte de ces détestables projets,

qu'enfanta une douleur trop juste.
Voilà cependant où vous avez pensé
me réduire. Ce n'eût pas été la première fois qu'on aurait vu naître
le vice du sein d'un cœur vertueux.
Mais quels regrets n'auriez-vous
point eu d'en être la cause ? car,
malgré vos procédés étranges,
j'apprécie vos motifs, et je rends
justice à la candeur de vos vues ;
pour être puisées dans la source
des préjugés, elles ne sont pas
moins respectables à mes yeux,
lorsque la réflexion m'aide de ses
secours. Ayez donc quelque indul-
gence pour un amant qui vous
montre l'exemple. Si vous détour-
nez vos regards de dessus lui, si
vous dédaignez les sentimens qu'il
vous offre, au moins rappelez-vous
qu'il vous fut cher ; et faites en sa

faveur par humanité ce que vous eussiez fait alors par amour. Qu'il est cruel cependant d'implorer la froide pitié, quand le cœur a goûté le charme de devoir tout au cœur. Mademoiselle, vous ne l'imagineriez jamais. S'il était possible que vous lussiez dans mon ame, vous verriez que j'étais digne d'un meilleur sort. J'évite de repasser ici sur ce qui m'a attiré celui que je subis : ces vaines, ces spécieuses raisons que vous alléguiez, en blessant ma délicatesse, irritent trop mes transports ; je me défie de leur impétuosité. Si je me sentais la force de les maîtriser, je vous dirais, accablez-moi, cruelle amie ; ne craignez point d'appesantir vos coups sur un malheureux qui les supportera patiemment, dans l'espoir de vous convaincre un jour que nul autre que lui ne pouvait vous aimer autant. Mais.... Mademoiselle, n'exigez point que j'achève : peut-être n'en ai-je que trop dit pour vous donner lieu de présumer qu'entraîné par la fougue des passions je serais capable de tout. Ne souffrez pas qu'un sentiment pur dans son origine devienne criminel ; songez donc dans quel abyme de maux vous nous plongeriez l'un et l'autre. Tendez plutôt une main secourable au meilleur, au plus tendre de vos amis, à celui auquel vous ne rougissiez pas d'accorder un titre plus précieux encore, et qui voudrait mettre toute sa gloire à s'en rendre digne. Souffrez que je vous voie : permettez que j'aille expier à vos genoux mes prétendus torts. Un moment d'entretien suffira pour nous rendre à notre premier état. Qu'il était délicieux, ma bonne amie ! quelle douceur, quelle sérénité, quel contentement ; un signe, un regard parlait dans nos ames : comment avez-vous pu renoncer à ces innocens plaisirs ? mais ils ne sont pas finis pour nous, je l'espère. En les retrouvant, ils nous paraîtront plus vifs, et l'amour a peut-être voulu nous servir par votre fuite. N'eussions-nous chez madame de Saint-Sirant qu'un argus de moins, ce M. de Prévalle, c'est toujours beaucoup ; il m'est très-facile de m'y faire présenter par Calidaut, mon ancien camarade, chez lequel j'attends votre réponse, malgré l'affreuse maladie qui infecte le village, même sa propre maison; car deux de ses gens sont déjà attaqués d'une petite vérole qu'on soupçonne pourpreuse. J'aurais fui autrefois jusqu'au bout du monde cet air empesté et contagieux, mais que ne fait point braver un amour tendre et délicat. Mademoiselle, nos manières d'agir sont trop dissemblables pour entrer en parallèle. Vous vous exposez à des hasards pour m'éviter; moi je cours des périls presque certains pour vous rejoindre. C'est à vous de tirer de ceci les conséquences qui se présentent naturellement. Si vous y êtes sensible, je ne vous promets plus d'en mourir de douleur. Que votre imagination supplée au reste.

» *P. S.* Cette lettre part par la poste; mais, empressé de recevoir votre réponse, le valet de chambre

de Calidant ira la chercher ; lorsqu'il aura fait les complimens de
son maître à tous vos hôtes , vous
pouvez le suivre ; je me suis assuré
de sa fidélité. »

On conçoit de quelle indignation je dus être saisie à la lecture
d'une lettre moins tendre que me-
naçante , et qui me dévoilait combien je m'étais trompée sur le caractère de M. de Villemort. Il était
aisé de sentir qu'il se flattait de m'a-
mener à ses fins en m'intimidant.
Des vues aussi basses , un dessein
aussi perfide , achevèrent de me
faire détester l'instant où je l'avais
connu : et loin de redouter sa colère, j'aurais voulu inventer de nouveaux moyens pour lui persuader
qu'elle ne m'inspirait que le plus

souverain mépris. Rien ne parut plus propre que mon premier projet de lui renvoyer sa lettre : je l'exécutai. Mais, comme s'il s'en fût défié, le valet de chambre, à qui je la remis, fit difficulté de la prendre, disant qu'elle n'était que recachetée. Quelqu'ordre que vous ayez, lui répondis-je, dites de ma part à celui qui vous l'a donnée que voilà le cas que je fais de ce qui vient de lui, et que s'il est assez hardi pour se présenter ici, je pars à l'instant. Il voulut parler, je rentrai sans l'écouter, véritablement outrée de la conduite de M. de Villemort et de ses imprudences. Heureusement les reproches que je me faisais d'avoir été dupe, quelques humilians qu'ils fussent pour ma vanité, ne portaient point avec eux l'amertume des remords. Je passai le reste du jour et de la nuit suivante dans de tristes réflexions sur le danger inévitable d'un attachement quelconque; et si d'un côté elles m'affligeaient ; de l'autre j'en tirais des leçons pour l'avenir,

A peine était-il jour chez moi, qu'on m'annonça un messager de la part de la Comtesse. Je me doutai que c'était encore un subterfuge de M. de Villemort. La lettre suivante me la confirma : mon ami, dis-je à cet homme, rapportez ce paquet à votre maître, et assurez-le bien que je n'en décacheterai aucun. Mademoiselle, me répondit-il, d'un ton assez résolu, il faut bien que vous ayez la bonté de le lire, car mes ordres portent que je ne sortirai point de votre appartement sans être muni d'une réponse. J'eus beau le prier, le menacer, tout fut inutile. Voyant qu'il s'obstinait, je préférai de lire et d'écrire, plutôt que de déceler un mystère dont il pourrait réjaillir quelque blâme sur moi.

LETTRE

DE M. DE VILLEMORT.

*O fille inexorable, à quel excès vont me porter vos durs et insultans refus ! en vain ma vertu chancelante excite encore quelques combats au fond de mon cœur. Je sens qu'elle expire, l'amour l'emporte sur toutes les considérations possibles. Il faut qu'il triomphe ou que je périsse : que je vous voie, ou que... Et pourquoi ne vous verrais-je pas, quand je le puis, quand vous ne pouvez pas vous y opposer, quand tout autorise et seconde mes désirs? Oubliez-vous donc que vos sermens m'ont donné des droits sur vous? Quel mortel oserait me les contester? Nommez - le - moi, s'il existe, comme je n'en doute pas; car je connnais assez les ruses de votre sexe, pour ne pas me laisser aveugler par ces scrupules feints, ces délicatesses apparentes, ces principes de réserve, unique fruit de l'inconstance, artificieuse jusques dans la défense; rarement vous armez-vous de sévérité envers l'un, que vous ne deveniez prodigue envers l'autre. Mais ne pensez pas m'en imposer par tout ce simulacre de l'honneur, vrai manteau de la fausseté. Je saurai découvrir celui qui me ravit votre cœur et l'en punir. Vos procédés m'apprennent

I   22

que désormais les ménagemens sont superflus; d'ailleurs je ne vous cache point qu'il n'est plus en mon pouvoir d'en observer aucuns. En proie à tout ce que le désespoir a d'affreux, livré aux fureurs d'une passion sans bornes, je ne vois que vous dans l'univers. Ce que l'on nomme bien ou mal, vice ou vertu, ne frappe plus que d'un vain son mes organes. Si la perfection est possible, c'est aux hommes heureux d'y prétendre; quant à moi, Mademoiselle, vous m'avez forcé d'y renoncer : et, dans l'état où je me trouve réduit, si j'emploie des voies blâmables pour parvenir à vous voir, bien des gens sentiront qu'elles doivent me paraître toutes égales. Il n'a tenu qu'à vous de me sauver de moi-même. Je vous en avais assez dit, mais rien n'a pu vous fléchir ; larmes, prières, supplication, égards, vous avez tout méprisé. Un amant ordinaire n'aurait d'abord écouté que son ressentiment, et vous aurait perdue. Un scélérat feindrait aujourd'hui de vous oublier afin de vous surprendre, sans que vous puissiez traverser ses vues. Moi, dont l'ardent amour fera peut-être tous les crimes, je vous laisse lire dans mon ame jusqu'au dernier moment : ma vertu est encore entre vos mains : votre empire sur toutes mes affections est si grand, que d'un seul mot il dépend de vous de me transformer d'amant irrité en amant soumis, ou d'amant soumis en amant téméraire. Regardez cet aveu comme le dernier de tous. C'est beaucoup

que j'aie pu prendre sur moi de
vous écrire , du moins avec autant
de modération ; car ce ne sont plus
des transports que j'éprouve , c'est
une espèce de rage trop difficile à
contenir pour hasarder de pour-
suivre. Si je m'en croyais , j'irais
sur l'heure braver vos dédains ,
peut-être ferais-je pis encore .....;
mille idées , plus violentes , l'une
que l'autre , m'agitent. Croyez cependant qu'elles ne se confondent
pas tellement , que je n'aie quelques projets réels. Si je les effec-
tue jamais , souvenez-vous , Mademoiselle , que les reproches tombe-
ront sur vous. Dès l'instant où vous
cesserez de m'estimer , mes forfaits
deviendront vos crimes. Une voix
intérieure vous criera, *voilà ton
ouvrage*. Songez que quelles que

soient vos intentions actuelles, elles
ne peuvent qu'apprêter des armes au
repentir. Réfléchissez-y, je vous
donne le quart-d'heure. Pour moi,
quand je vous posséderai, n'importe comment, je suis bien sûr
d'être heureux. »

~~~~~~~~~~~~~~~~~~~~~~~~~~~~~~~~~~

RÉPONSE

DE MADEMOISELLE D***,
A M. DE VILLEMORT.

« Il est bien étrange, Monsieur,
qu'aux importunités présentes et
passées, qui vous ont rendu si méprisable à mes yeux, vous vouliez
encore ajouter la violence et les menaces. Comment, je serai persécutée
jusques chez mes amis, un commissionnaire insolent m'assiégera jusqu'à ce que je l'aie chargé d'une réponse ! Eh ! quels droits, s'il vous
plaît, vous ai je donné sur moi,
pour oser en agir ainsi ? Croyez,

Monsieur, que pour en acquérir, il eût fallu être né avec des sentimens plus vertueux et plus honnêtes que les vôtres. Si j'ai quelque tort, c'est celui de vous avoir supposé un instant des principes. L'innocence paie assez ordinairement ce tribut; mais l'expérience nous éclaire. Ne vous abbaissez donc plus aux prières vis-à-vis de moi, et abandonnez l'espoir de m'intimider par vos menaces. Les unes ni les autres ne peuvent plus m'inspirer ni pitié, ni crainte, ni haine. Si un tyran est digne quelquefois d'être haï, c'est lorsqu'il lui reste l'idée de quelque vertu, et le pouvoir d'en faire mauvais usage. Pour vous, dont les mœurs sont aussi corrompues que le cœur, qu'auriez-vous pu précédemment, et que pouvez-vous aujourd'hui contre

moi ? Des calomnies, des noirceurs : il faut être bien dégradé à
ses propres yeux, pour prétendre
tirer son mérite du mal qu'on n'a
pas fait ».

Comme je cachetais ma lettre,
mademoiselle de St.-Sirant entra
dans ma chambre pour me proposer d'aller faire le tour du parc :
c'était assez notre usage tous les
matins ; je me hâtai de renvoyer
l'indigne commissionnaire de M. de
Villemort, et nous sortîmes presque en même temps que lui. Il revint vers nous, lorsque nous traver-
sions le parterre, demander à mon
amie si elle ne pouvait pas lui faire
ouvrir la grille du parc, parce que
cela lui abrégeait beaucoup de chemin. Je crus bonnement que c'était

une nouvelle feinte pour faire croire
qu'il venait de chez la Comtesse.
Mon amie lui répondit avec l'air du
regret, que sa mère tenait ses clefs
dans son appartement, et qu'elle
ne les confiait à personne avant une
certaine heure. Il nous quitta et
nous poursuivîmes.

Mademoiselle de St.-Sirant, très-
curieuse de son naturel, me fit cent
questions qui m'embarrassèrent,
mais dont je me tirai sans vouloir lui
rien avouer; ce n'était pas ce que je
pouvais faire de mieux. Ceux qui
jugent des choses après les évènemens, penseront sans doute que je
me serais épargnée les chagrins les
plus cuisans que puisse éprouver une
femme délicate, si, au lieu d'ap-
préhender un éclat, j'eusse traité
le messager de M. de Villemort

comme il le méritait, et que je me
fusse ouverte à mon amie sur la
nature de sa commission. Mais la
prudence des hommes est trop souvent confondue, pour qu'on insulte
à mes regrets par un blâme aussi
peu mérité. Il est des conséquences
qu'il n'appartient-point à une jeune
personne de prévoir. Quelque mauvaise opinion que j'eusse de M. de
Villemort, je l'aurais d'autant moins
soupçonné d'une conduite aussi abo-
minable, que je le croyais dans l'im-
puissance de réaliser ses menaces.
S'il en avait les moyens, me disais-
je, il se garderait bien de ne pas tenir ses desseins cachés; son but n'est
donc que de m'effrayer par les prétendus risques que court ma réputation. J'ignorais, hélas! qu'on pût
joindre tant de rafinement à tant de

noirceurs méditées ! Car M. de Villemort avait pressenti toutes les idées
que je pourrais prendre et des raisonnemens que je pourrais faire. Ma
bonté et ma timidité, dont il espérait tirer ses plus fortes armes, sont
les seuls articles sur lesquels il se
soit mépris. Je le vis arriver dès le
même jour avec M. Célidant, qui
le présenta à madame de St.-Sirant
comme son meilleur ami. Lui, il
m'aborda avec un air de connaissance que je payai du salut le plus
froid. Bientôt après, ne pouvant
plus contenir mon indignation, je
sortis.

Ils restèrent très-long-temps sous
le prétexte d'attendre M. de St.-
Sirant : comme il ne rentrait pas,
on sonna plusieurs fois pour s'in-
former où il était. Enfin, on sut

qu'il chassait dans le parc : ces Messieurs dirent qu'ils allaient l'y chercher en s'en retournant. Madame de St.-Sirant m'envoya proposer par sa fille de les accompagner. Celle-ci me trouva enfoncée dans la plus profonde rêverie, tenant ma tête d'une main ; ma plume de l'autre, et essayant en vain de retracer à madame de Renelle les suites funestes du malheureux penchant qu'elle avait justement condamné. Le destin, cet aveugle qui en conduit d'autres , par une bisarrerie singulière, semblait diriger tous mes pas vers l'abyme que me creusait M. de Villemort, et faire servir les démarches les mieux concertées, les vœux les plus réfléchis à favoriser la malignité, la noirceur et l'atrocité des deux plus infâmes hommes que j'aie

jamais connus. Je répondis donc à
ma jeune amie qu'il m'était impossible de prendre l'air avec la migraine qui m'accablait : et je n'éloignai pas trop l'offre qu'elle me fit de
rester près de moi. J'aurais préféré
d'être seule , sans doute , mais je
croyais ravir à M. de Villemort quelques momens dont il pouvait profiter pour captiver les suffrages de
mes hôtes , et se faire presser de revenir. Je réussis selon mes désirs.
Madame de St.-Sirant , très-facile à
alarmer , et qui me supposait être
très-chère à la Comtesse, quitta précipitamment ces messieurs , pour
venir s'assurer que je n'avais qu'une
migraine , et presque me la donner
réellement par l'importunité de ses
attentions. Peut-être vous prome-
nez-vous trop le matin , me dit-

elle, ma fille vous entraîne. Quels
regrets n'aurais-je pas si votre complaisance allait vous rendre malade?
Je vous en supplie, restez au lit demain, et à moins que cela ne vous
amuse, n'allez au parc que de jour
à autre. Quand on est délicate, il
faut savoir prendre sur ses plaisirs
pour ménager sa santé. Comme je
ne voulais pas nuire à ceux de la pauvre St.-Sirant, j'assurai que je les
partageais. Néamoins je promis de
me reposer un jour.

Comment nommerai-je l'enchaî-
nement fatal de ces minutieux
évènemens qui concourent à notre
perte, lors même que nous nous
efforçons de fuir l'ombre du danger?
O destin! ton nom seul prouve,
dit-on, le vide du sens que les trop
crédules mortels y attachent. Tu

ne sers qu'à désigner l'emblème
du malheur ; et les malheureux font
de toi une divinité mal-faisante ; ils
t'admirent parce qu'ils ne te com-
prennent pas. Cependant, en reje-
tant sur toi tous leurs maux, ils se
créent des excuses ; et si quelquefois tu les irrites après les avoir
accablés , il semble encore que tu
les consoles par l'impossibilité qu'ils
se figurent d'éviter tes décrets. En
effet, quelle autre ressource leur
reste-t-il, quand ils les ont subis ?
N'essayons pas d'y réfléchir, car tout
devient chimère aux yeux de qui-
conque veut tout approfondir, et
ce n'est pas ce que je me suis
proposée.

M. de St-Sirant vint trouver ces
dames dans ma chambre dès qu'il
fut rentré ; il nous dit avoir ren-

contré messieurs Calidant et Villemort, qui lui avaient appris que
j'étais indisposée, et que cela était
cause qu'au lieu de les reconduire,
il les avait laissé revenir avec lui
jusqu'au parterre. Je mourais de
peur, ajouta-t-il, que ce ne fût
quelque symptôme de petite vérole;
mon ami, interrompit madame de
St-Sirant, j'ai éprouvé les mêmes
craintes ; mais ces choses-là sont
bonnes à taire ; il ne prit pas la
leçon plus doucement que ne le
permettait son caractère impétueux.
Je fus obligée de les calmer l'un et
l'autre, en leur faisant remarquer
les traces très-distinctes de cette
maladie, que j'avais eue autrefois.
Alors M. de St-Sirant, remis de
ses inquiétudes et de ses vivacités,
nous entretint pendant long-temps

de M. Galidant, et surtout de M. de Villemort, dont l'extérieur lui avait plu extrêmement. Je compris que celui-ci n'avait pas omis de louer le château, le parc, les jardins, et tous les travaux d'un homme plein d'ostentation et de cette puérile gloire qui domine les gentilshommes campagnards. Le mari et la femme me questionnèrent sur ce qu'était M. de Villemort, comment je l'avais connu, et quelles étaient ses mœurs ? Cette dernière question appartenait bien à la dévotion de madame de St-Sirant. Je l'éludai, et je répondis en rougissant aux deux autres. Il n'y a je crois que les coupables endurcis, dont le front paraît serein au milieu des forfaits ; mais l'ombre d'un tort suffit pour alarmer la pudeur d'une femme vertueuse. Peu familiarisée avec le vice, il lui semble que la tache qu'il imprime sur l'ame perce aux yeux des moins clairs - voyans; et l'innocence même tremble à l'aspect du plus léger soupçon.

M. et madame de St-Sirant ne tarissaient pas sur le compte de M. de Villemort; on vint enfin les avertir qu'ils étaient servis. Quoique j'eus grand regret de les avoir inquiétés par une indisposition feinte, je crus qu'il était nécessaire de soutenir mon rôle. Quelques vives que fussent leurs instances, je refusai d'aller me mettre à table; je fis semblant de me coucher. Madame de St-Sirant défendit de nouveau à sa fille de m'éveiller le lendemain pour notre promenade ordinaire; j'eus beau l'assurer que mon mal

de tête serait dissipé, il n'en fut
pas moins décidé que nous ne sor-
tirions pas, et nous nous sépa-
râmes.

Peu disposée au sommeil dans
les tristes circonstances qui me
fournissaient matière à tant de réflexions, je passai une partie de la
nuit à écrire à madame de Renelle.
Malgré l'espèce de honte que j'é-
prouvais en lui avouant mes imprudences et combien je m'étais
écartée de l'austère réserve qu'elle
m'avait toujours prescrite, mon
cœur semblait s'alléger d'un fardeau
insupportable ; la douceur de la
plainte suspendait l'amertume des
regrets. Il est donc encore des plaisirs pour les malheureux, me disais-je ? Le sein d'une amie est un
asile assuré. Les ames sensibles

trouvent en elles-mêmes des ressources inépuisables ; et l'amitié offre des charmes qui se font sentir jusqu'au comble de l'infortune : c'est même le moment où ils deviennent les plus précieux.

Je m'abandonnais ainsi sans réserve à ces délicieuses extases; mais ce sont de ces soulagemens passagers qui bientôt font place aux larmes du repentir. A peine eus-je quitté la plume, qu'au lieu du repos que je cherchais , je me vis replongée dans de nouvelles agitations. En vain mes paupières s'appésantissaient par la lassitude , le sommeil fuyait loin de moi, ou me suscitait des songes effrayans. Il me vint en idée que M. de Villemort pouvait être caché dans la maison; le silence , l'obscurité , le

calme d'une de ces belles nuits,
propre à faire naître les douces
pensées, à nourrir les flatteuses
illusions des mortels heureux, ac-
crut au contraire mes craintes. Au
moindre bruit tout mon corps fris-
sonnait ; j'étais toujours prête à appeler, et, par le même principe de
terreur, la voix me manquait. De
la vie, je crois, on n'a passé des
heures qui aient parues aussi lon-
gues.

Dès que le jour parut, j'imagi-
nai être en sureté, et je ne m'oc-
cupai plus que des prétextes de fuir
un séjour si voisin de celui de M. de
Villemort. Mais quel jour, hélas,
luisait pour moi ! je frémis encore
d'horreur au souvenir des cruelles,
des humiliantes épreuves par lesquelles Il m'a fallu passer.

Nos femmes, comme toutes les autres, de tout temps vrais singes de leurs maîtresses, crurent pouvoir profiter de notre petite retraite, pour aller, à notre imitation, se promener le matin dans le parc; elles y devaient faire un petit déjeûné, dont était le valet de chambre de M. de St.-Sirant; mais celui-ci ayant été arrêté par quelque ordre de son maître, elles prirent l'avance, du moins voilà ce que j'appris dans la suite de Sophie. Elles s'enfonçaient dans les allées les plus étroites et les plus sombres pour ne pas être vues, lorsque tout-à-coup Juillete, la plus jeune, celle qui approchait le plus de ma taille, se sentit arrêtée par derrière en passant vis-à-vis la petite porte de la charmille. Son

premier mouvement fut de crier.
Sophie, qui imaginait que ce ne
pouvait être qu'une niche de celui
qu'elles attendaient, lui dit, veux-
tu te taire, étourdie? Puis en re-
connaissant, au lieu du valet de
chambre de M. de St.-Sirant, le
même homme qui m'avait apporté
une lettre la veille, la frayeur la
prit aussi, et elle se mit à crier
plus fort au lieu de défendre sa
compagne, qui s'attachait à elle de
toutes ses forces, on les entraînait
ainsi toutes deux. M. de St.-Sirant,
par un hasard singulier s'étant levé
plus matin qu'à son ordinaire, avait
pris le chemin du parc; en avan-
çant, il entendit des cris perçans et
redoublés, il fut à la voix. Comme
il était en veste, l'indigne exécu-
teur des ordres de M. de Villemort,

crut que ce n'était qu'un domestique, et se sentant soutenu de son maître, qui n'était pas loin, il ne lâchait pas sa proie. Sophie ne l'effrayait pas ; au contraire, il croyait faire un coup de parti, se persuadant qu'il enlevait la maîtresse et la suivante tout à la fois. Cependant, quand il vit approcher M. de St.-Sirant, armé d'une espèce de hache, qu'il avait trouvée sur ses pas, le misérable appela du secours. A moi Monsieur, s'écria-t-il, si vous ne me secondez, toutes nos peines sont perdues : alors M de Villemort parut, portant son fusil en bandoulière, et montrant un pistolet à M. de St.-Sirant, qu'il prenait pour un jardinier, si tu approches, lui dit-il, tu es mort. Quoi ! M. de Villemort, lui dit celui-ci, c'est vous qui faites tout ce vacarme chez moi, et qui insultez les femmes de ces dames? Car lui, qui n'était préoccupé de rien, avait reconnu tout son monde d'abord, il s'avançait même malgré les menaces, sans penser ni juger qu'il fût nécessaire d'appeler ses gens, qui peut-être n'auraient pu l'entendre. M. de Villemort s'apercevant de toutes ses méprises, parut très-interdit. Qu'as-tu fait, malheureux, dit-il! laisse-là ces filles : puis s'adressant à M. de St.-Sirant, pardonnez Monsieur, un tour de jeunesse à un de mes gens; il croyait apparemment ces Demoiselles de meilleure composition, surement il ne leur voulait point de mal. Qu'appelez-vous, Monsieur, un tour de jeunesse? c'est une insolence outrée, dont vous ne me

persuaderez pas que vous n'êtes point
l'auteur ; et de quel droit être dans
mon parc à cette heure , quand
toutes les portes en sont fermées ?...
Monsieur, je vous le répète , c'est
un tour de jeunesse..... Dites plutôt
que c'est un attentat horrible. Je
vous en demanderais raison si je
ne vous regardais trop au-dessous
de moi ; mais vous m'avouerez la
vérité , où je vous poursuivrai juri-
diquement. Monsieur, un homme
comme moi vide ses querelles à la
point de l'épée... Monsieur, un
homme comme vous perd tous ses
droits par des actions aussi basses.
Je n'ai point d'armes , quand j'en
aurais , je dédaignerais d'en faire
usage vis-à-vis de vous , et je ne
crains pas les vôtres ; vous êtes en
ma puissance , vous ne pouvez sor-

tir d'ici ni vous, ni les vôtres, sans
ma permission, et qui que vous
soyez, la justice m'en fera raison.....
La justice, Monsieur, y pensez-vous,
cela vous déshonorerait.... Oui,
Monsieur, la justice: j'y pense très-
bien. Encore une fois, il n'y a qu'un
entier aveu qui puisse vous sauver
de ce pas. M. de Villemort fit semblant de rêver un instant; puis lui
dit, comme en se faisant violence,
Monsieur, je ne crains rien pour
moi, mais l'honneur et la probité
ne me permettent pas de compromettre une jeune personne sans
avoir votre parole que jamais vous
ne trahirez mon secret; considérez
que je vais vous parler comme à
mon confesseur.... Monsieur, reprit M. de St.-Sirant, je n'ai point
de parole à vous donner, je ne

promets rien ? quand je serai instruit, je jugerai de ce que j'ai à
faire, et je ne vous conseille même
pas de mettre ma patience à une
plus longue épreuve. Compromettre
une jeune personne, dites-vous,
grand Dieu ! serait-ce ma fille ? Non,
Monsieur, rassurez-vous ; je n'ai
point l'honneur de la connaître. O
ciel ! c'est Mademoiselle D*** qui
serait venue chez moi, qui aurait
choisi ma maison pour..... Arrêtez,
Monsieur, n'achevez pas, oui c'est
elle que j'attendais ici, mais respec-
tez son innocence...... Comment,
Monsieur, vous entendiez enlever
une fille de qualité confiée à madame
de St.-Sirant, et vous pensez.....Non,
Monsieur, je ne prétendais pas l'enlever, nous comptions seulement
causer une heure ensemble sur des

affaires importantes..... Et pourquoi
donc cette violence de votre vil agent?
Pourquoi se trouve-t-il là ? Pourquoi
cette méprise ? M. de Villemort,
ne déguisez point la vérité, ce com-
plot a été formé entre vous et M. Calidant : n'est-il pas aussi dans le
parc ? Non, M. Calidant est chez
lui ; il sait que j'ai un rendez-vous,
voilà tout; il n'y a point de com-
plot; j'ai gardé ce domestique discret avec moi, parce que ce fut lui
que j'envoyai hier à mademoiselle
D***; elle le chargea d'une réponse; vous connaissez bien son
écriture, j'imagine, ajouta-t-il, en
tirant de sa poche toutes les lettres
que je lui avais écrites ; et adroitement il fait tomber sous la main
de M. de St.-Sirant le malheureux
billet qui contenait l'aveu de mon

penchant. Il frémit en lisant.....
Oh, vous ne tenez pas le dernier,
lui dit M. de Villemort (il n'avait
vraiment garde de lui montrer);
au surplus, poursuivit-il, il n'y est
pas fait mention du rendez-vous.....
Mademoiselle D.***, en fille prudente n'a pas voulu confier ce secret
au papier, elle avait chargé mon
fidèle Larose de me communiquer
ses intentions (en même temps il
l'appelle); interrogez-le, Monsieur,
il vous dira que je ne suis venu avec
Calidant que par les ordres de mademoiselle D***, que j'étais prévenu qu'elle feindrait une migraine
afin que rien ne nous décélât pendant ma visite; et que moi, en sortant par le parc, sous prétexte de
voir toutes les beautés qui sont les
frutits de vos travaux, j'aurais soin

de me cacher; sans quoi comment aurais-je deviné que mademoiselle D*** venait ici tous les matins.

Larose, ce prétendu domestique, qui n'était qu'un soldat déguisé, après avoir laissé parler son maître, ajouta que j'avais même eu l'intention de lui montrer tous les détours du parc, que je lui avais dit de me joindre lorsque nous passerions, mademoiselle de St.-Sirant et moi, et qu'il s'était adressé à elle pour la prier de lui faire ouvrir la grille, mais qu'elle n'avait pas voulu. On conçoit de quel poids devinrent toutes ces inductions, lorsqu'on chercha à les vérifier. Comme M. de Villemort avait eu le temps pendant la nuit de prévoir tous les évènemens possibles, il s'était si bien appliqué à donner le coloris du vraisemblable à ses perfidies , que toute l'indignation de M. de St.-Sirant retombait sur moi. Néanmoins quelques doutes combattaient encore. Pourquoi donc , dit-il à M. de Villemort , avoir voulu user de violence , puisque vous étiez si bien convenus de vos fais ? Monsieur, c'était un jeu pour en imposer à mademoiselle de St.-Sirant , que je présumais être avec mademoiselle D***. Mais, Monsieur ; pourquoi mademoiselle De * * * n'est-elle pas ici ? Cette objection l'embarrassa d'abord. Monsieur, lui dit-il , je n'en sais rien , je ne puis augurer que des à-peu-près ; peut-être madame de St.-Sirant a-t-elle traversé nos vues sans le savoir hier : elle nous dit, à Calidant et à moi, qu'elle craignait que ce ne fussent les pro-

menades du matin qui incommo-
daient mademoiselle De*** ; celle-ci
lui aura promis de ne pas sortir dans
l'espérance de pouvoir venir me
trouver seule, et ayant aperçu de
loin ses femmes, elle n'aura point
osé ; que sais-je ?.....peut-être aussi. ...
Il resta court..... Poursuivez donc,
lui dit M. de St.-Sirant..... Eh bien !
Monsieur, puisque vous voulez tout
savoir, peut-être mademoiselle
De * * * est-elle piquée de m'avoir
attendu en vain toute la nuit ;
car j'ai vu de la lumière jusqu'à
quatre heures dans un appartement qu'elle m'a désigné être
le sien, et que Larose croit avoir
reconnu pour celui où il lui a parlé.....
Mais, Monsieur, comment pouvait-
elle vous attendre la nuit ? Toutes
mes portes sont fermées, elle le

sait bien. Vraiment, Monsieur,
aussi l'avait-elle observé à Larose,
en lui disant qu'il fallait que je me
cachasse sous l'escalier qui conduit
à son appartement ; qu'elle saurait
bien m'introduire sans bruit chez
elle ; et que c'était un parti plus sûr
que celui de nous voir dans le
parc, où elle ne saurait comment
se débarrasser de mademoiselle de
St.-Sirant. Après avoir passé la nuit
avec elle, je devais descendre par
la fenêtre au moyen d'une échelle
de corde que voilà ; je m'en étais
muni à tout hasard, quoique je
n'eusse nulle intention de suivre
ce plan ; les jeunes personnes n'en-
trevoient jamais d'obstacles à ce
qu'elles désirent, parce qu'elles en
sentent peu les conséquences ; pour
moi, Monsieur, j'aurais cru que

c'était vous manquer essentiellement; je sais trop ce qui est dû à
quelqu'un de votre nom.

Comme ils en étaient là, arrivè-
rent une partie des gens de M. de
St-Sirant : nos femmes qui s'en
étaient retournées par son ordre,
avaient répandu l'alarme dans la
maison. Madame de St-Sirant ne
comprenait rien à une aventure
aussi étrange; elle tremblait pour
la vie de son mari ; elle craignait que la réputation de sa fille
ou la mienne ne fussent compro-
mises par cette histoire, et elle ne
cessait de questionner nos femmes.
Juillette n'avait presque rien à dire;
mais ma Sophie, qui connaissait
les auteurs, commentait chaque
circonstance, et me noircissait peut-
être sans le vouloir. Le valet de

chambre revint de la part de son maître pour tranquilliser madame de St-Sirant, et lui recommander de garder nos femmes à vue jusqu'à son retour.

Monsieur, dit M. de St-Sirant au misérable Villemort, je commence à voir un peu clair dans tout ceci. Si les choses sont telles que vous venez de me les raconter, mademoiselle De *** est un monstre, je vais la veiller de près, et me débarrasser d'une fille de si difficile garde. Néanmoins je vous avoue que je ne concevrai jamais qu'un galant homme puisse se prêter à de pareilles démarches; ne devaient-elles pas vous inspirer du mépris? Ah! Monsieur, l'amour sait bien y donner une autre couleur! j'aime mademoiselle De *** comme il

n'est pas possible d'aimer ; je me
crois payé de retour ; ce sont
deux puissans motifs pour m'engager à lui prêter des excuses , et
pour me prêter moi-même à lui
sauver de plus grandes étourderies;
car elle est dans l'âge où le feu des
passions ne connaît point de bornes. A l'ardeur d'un tempérament
bouillant , elle joint toute la vivacité de l'esprit d'intrigue , et réunit
un fonds inépuisable de tendresse,
auxquelles elle serait capable de
de tout sacrifier. Qu'auriez-vous
fait à ma place? Je ne voulais point
la perdre ; et en honneur , je craignais chaque jour de la voir voler
sur mes pas.... Quoi! Monsieur ,
elle serait capable d'une telle bas-
sesse ? Il faut la faire enfermer;
tôt ou tard elle déshonorerait sa

famille, et comme je ne veux point qu'elle déshonore davantage ma maison, dès demain je la rendrai à sa famille. Oui, je le répète, c'est un monstre. Qui aurait pu soupçonner tant de turpitude dans l'ame d'une jeune personne qui porte une physionomie aussi heureuse ?..... Oh ! Monsieur, ce n'est point la turpitude qui m'a rendu possesseur de sa personne, c'est l'amour qui m'a donné son cœur. De grace ne me ravissez pas ce trésor, j'en mourrai de douleur. Monsieur de St-Sirant, je vous supplie, je vous conjure de ne point abuser de ma confiance pour perdre une fille sensible, dont j'espère faire une femme honnête ; daignez ne point l'affliger en lui parlant de ce qui vient de se passer entre nous. Je

vais employer toutes mes ressources
pour parvenir à l'épouser ; ç'a toujours été mon but, et je sens par-
faitement qu'après une sorte d'éclat,
cette réparation lui est due. Si vous
vouliez, loin de la faire périr de
chagrin, vous pourriez nous servir
auprès de la Comtesse. Songez
d'ailleurs que mademoiselle De***,
réduite au désespoir, ne serait plus
une femme comme une autre.
Vous la verriez se porter aux plus
grands excès..... Madame de St-Sirant, dont les inquiétudes redou-
blaient à mesure que le temps s'é-
coulait, les renvoya encore interrompre, et prier M. de St-Sirant de
trouver bon qu'elle allât les joindre,
ou bien qu'il ramenât avec lui
M. de Villemort. Celui-ci s'esti-
mant trop heureux du prétexte,

se défendit beaucoup de paraître devant elle dans l'état où il était. M. de St.-Sirant ne le jugea pas convenable non plus ; il lui épargna un nouvel embarras. Mais soit que, contre toute apparence, il lui restât quelques soupçons, il voulut mettre lui-même M. de Villemort hors du parc, et s'obstina à lui refuser toutes les paroles qui lui demandait. Rapportez-vous en à mon honneur et à ma prudence, lui dit-il ; un homme de mon âge sait mieux que vous ce qu'il convient de faire. Je remets à me décider lorsque j'aurai interrogé mademoiselle De ***. Venez demain ici à pareille heure, je vous attendrai à la grille, et vous communiquerai mes résolutions. Mais ne vous flattez pas que je veuille garder plus long-temps ici mademoiselle De *** , ni m'intéresser à couvrir sa honte. L'un et l'autre seraient indignes de moi.

M. de St.-Sirant, de retour, n'eut rien de plus pressé, après avoir rassuré sa femme, que de faire à Sophie toutes les questions qui pouvaient rapprocher les dires de M. de Villemort ; il n'eut pas grand'peine à la faire parler , tant sur le peu qu'elle croyait savoir , que sur ce qu'elle en avait conjecturé. On sut d'elle que je ne m'étais point couchée , mais que j'avais écrit , et qu'elle croyait même m'avoir entendue très-tard marcher à petits pas dans ma chambre. Depuis longtemps, ajouta-t-elle , je surprends Mademoiselle dans de profondes rêveries , les yeux fixés ou baignés de larmes. Hier elle était encore plus

triste que de coutume ; je ne fus pas
la dupe de sa migraine, car elle ne
l'a jamais sans quelques soulève-
mens de cœur, et il m'a paru très-
singulier qu'elle se soit retirée tandis que ce jeune Monsieur était
ici. J'ai toujours soupçonné qu'ils
avaient du goût l'un pour l'autre.
Lorsqu'ils venait chez madame la
Comtesse, Mademoiselle se levait
matin, elle s'habillait de bonne
heure et avec plus de soin ; c'étaient
de petits déjeûners, des promena-
des, de petits concerts ; jamais ils ne
paraissaient si contens, que quand
ils étaient ensemble, toujours ils se
cherchaient, et ce Monsieur me faisait bien des amitiés. Comme madame la Comtesse ou M. de Prévalle étaient alternativement en tiers
avec eux, je ne voyais point de mal,

et j'imaginais qu'on pensait à les marier ; souvent j'en parlais à Mademoiselle ; un air de joie et de contentement se peignait sur son visage..... Ne vous a-t-elle point chargée quelque fois de ses billets, lui demanda M. de St.-Sirant ? Non, Monsieur : je me suis aperçue seulement qu'elle écrivait la nuit dans son lit. Quoi, reprit madame de St.-Sirant, M. de Villemort aurait de ces preuves là en main ? Cela n'est pas possible. Oh ! Madame, je puis parler pour avoir vu et lu ! Et après lui avoir tout conté : voyez, continua-t-il, Madame, quelle compagnie vous avez donnée à votre fille. Surement elle est aussi dans la confidence ? ..... Mon dieu, Monsieur ! Sophie, se pourrait-il que Mademoiselle ?..... Mademoiselle Sophie,

votre maîtresse est un monstre de
nature : vous êtes bien heureuse de
ne l'avoir pas servie dans ses coupables desseins , car je vous aurais
fait pourrir dans un cul de basse-
fosse. Ah ! Monsieur ! ah ! Madame ,
ne croyez pas !... Il suffit , mademoiselle Sophie , il suffit ; le peu que
vous me dites , confirme ce que m'a
avancé M. de Villemort ; tout se
rapporte ; jusques-là j'avais été assez
bon pour conserver quelque doute ;
mais qu'on aille chercher ma fille ,
ajouta-t-il , d'un ton menaçant. ....
Juillette se leva toute tremblante....
Non, mademoiselle Juillette, il n'est
pas besoin que vous alliez préparer
des mensonges. Donnez la clef de sa
chambre , on ira l'appeler ; et celui
qui lui dira un mot de plus aura
affaire à moi. La pauvre St.-Sirant

était assise sur mon lit, à causer tranquillement. Nous avions une porte de communication par un de mes cabinets, et il n'y avait que cette porte d'ouverte chez elle ; le domestique qui la croyait endormie, cria très-haut, elle fut lui demander pourquoi ce n'était pas Juillette qui entrait chez elle ; mais elle n'en tira pas d'autre réponse, sinon que son père l'attendait ; et il ne manqua pas d'aller rapporter que nous étions déjà éveillées. Ce fut une nouvelle induction contre toutes deux ; ma pauvre amie ne savait ce que pouvait être que cet ordre de comparaître si matin ; elle voulait m'entraîner avec elle. Non, lui dis-je, puisqu'on a à te gronder, il vaut mieux que j'arrive sans paraître prévenue, comme pour souhaiter le bonjour à madame de St.-Sirant.

« Hélas ! j'étais bien loin d'envisager que la foudre ne menaçait que moi, lorsque le désir d'adoucir les peines de mon amie me conduisit presque sur ses pas. En entrant, je la vis fondant en larmes aux genoux de sa mère, à qui elle attestait son innocence. Viens, me dit-elle, viens me justifier. M. de St.-Sirant la releva brusquement, lui ordonnant de s'asseoir et de se taire ; puis en se tournant vers moi : Eh bien ! Mademoiselle, comment va cette grandissime migraine ? me demanda-t-il, d'un ton ironique, et me considérant de la tête aux pieds, de manière à m'interdire ; je ne concevais rien au froid glacial de M. de St.-Sirant, qui ne daignait ni se lever, ni me saluer. Monsieur, répondis-je d'un air aussi haut que le sien : J'ai peu dormi... Comment, Mademoiselle, vous avouez cela ? Ah! c'est quelque chose : je ne croyais point que vous voulussiez qu'on sût que vous aviez passé la soirée à écrire, et la nuit à écouter si personne ne frappait à votre porte. Monsieur, répondis-je d'un ton indigné, je puis si bien annoncer tout ce que j'ai fait, que j'ai écrit jusqu'à quatre heures, que j'écrirai jusqu'à six, quand il me plaira. Si c'est par rapport à cela que vous maltraitez mademoiselle de St.-Sirant, vous avez grand tort, je ne l'ai pas vue, elle ignore absolument à quelle heure il m'a plu de me coucher. Partout où je suis seule, je n'ai pas de compte à rendre..... Vous voyez, dit-il à madame de St.-Sirant, vous

voyez le mensonge et l'effronterie
tout ensemble. Ma fille n'était donc
pas chez vous, Mademoiselle, quand
on a été l'appeler? Oui, Monsieur,
elle y était, même plus d'une heure
avant. Mais que signifie cet interro-
gatoire en termes si étranges? Parce
que j'ai de l'attachement pour une
fille que vous traitez plutôt en es-
clave que comme votre enfant, pensez-vous avoir le droit de m'insulter? Apprenez, Monsieur, que jamais mon front ne fut fait pour l'effronterie, ni ma bouche pour le
mensonge; et que toute jeune que
je suis, je porte un caractère respectable..... Peut-être aux yeux de l'a-
veugle Villemort, Mademoiselle,
encore n'en voudrai-je pas répondre. A ce dernier trait, qui n'était
cependant que le moindre de ceux

qui m'attendaient, la colère pensa m'emporter ; je regardai autour de moi, j'aperçus Sophie, que je n'avais pas encore vue, toute en larmes. Qu'on aille sur le champ me chercher une chaise de poste. Elle se leva, et je voulus sortir. M. de St.-Sirant nous barra le passage. Oh non, non, mes demoiselles, dit-il, en me mettant de pair avec Sophie, non, vous ne sortirez point ! La frayeur qu'à eu Juillette ce matin, mérite bien d'être payée d'une comédie. Nous verrons le dénouement de la pièce, si vous le trouvez bon ; il nous manque pourtant ici le principal acteur, ajouta-til, en regardant madame de St.-Sirant. J'ai grand regret de n'avoir point ramené M. de Villemort du parc, comme vous le désiriez...... La fureur étincellait

dans mes yeux ; mais au nom de
M. Villemort tout mon sang se
glaça dans mes veines , je restai
immobile. Ah ! c'était-là , reprit
M. de St-Sirant , où je l'attandais ,
voilà le feu qui s'appaise. . . . . . .
l'effronterie disparaît , la honte suc-
cède. . . . . Je conçois, dis-je, d'une
voix presque éteinte , je conçois à
présent l'étendue de mes malheurs,
mais au moins. . . . . Eh bien ! Mademoiselle , achevez. . . . . . . Mais au
moins... La parole expirait sur mes
lèvres. Madame de St.-Sirant , à côté
de laquelle j'étais , me retint dans
ses bras, et me fit donner du secours
malgré son mari , qui prétendait
que ce n'était qu'une faiblesse de
commande. Je restai cependant assez
long-temps sans connaissance pour
le dissuader. A peine fus-je un

peu revenue, qu'il reprit son ton ironique. Convenez, Mademoiselle, que vous auriez été bien aise de mourir : cela vous eût tiré d'un grand embarras. M. de Villemort m'avait bien averti que vous aviez les passions violentes, et en voici une preuve. Mais on vous gardera à vue. Si je ne puis vous rendre à madame la Comtesse plus vertueuse et plus chaste qu'elle ne vous a donnée, au moins faut-il qu'elle vous retrouve bien portante, afin qu'elle puisse faire de vous ce qu'il lui plaira.

Madame de St-Sirant, à qui mon état inspirait une sorte de pitié, voulut exhorter son mari à me traiter avec plus de ménagement, même de remettre l'explication au soir. Non, Madame, lui dis-je, dès que je pus parler. Non, Madame, je ne souffrirai point qu'on reste en doute sur mon innocence. Ne me refusez pas les moyens de la justifier, en m'apprenant le détail des circonstances qui me font paraître si coupable. J'avais un air si vrai et si abattu, qu'elle en fut touchée : quelques larmes coulèrent de ses yeux. M. de St-Sirant lui reprocha durement sa faiblesse. S'il y avait quelqu'un de criminel ici, lui dis-je, ce serait sans doute moi, Monsieur ; ainsi je dois porter tout votre courroux. Mais s'il y a quelqu'un de trompé, j'ose affirmer que c'est vous. Il est trop injuste de vouloir me condamner sans m'entendre. Quelle effronterie ! s'écria-t-il, je n'y tiens pas. Quoi ! après avoir projeté de souiller ma maison par

vos débauches, après y avoir reçu
des messagers de votre amant,
après lui avoir indiqué des rendez-
vous à choisir, soit dans votre
chambre la nuit, ou le matin dans
le parc, et moi l'y avoir trouvé,
vous osez encore m'insulter! allez,
vile et abjecte comme vous êtes à
mes yeux; le nom que vous portez
fait à la fois votre honte et votre
bonheur; car je suis si indigné,
que je ne vous laisserais pas coucher chez moi si je n'avais pas
quelques égards pour votre famille....
Quelles noirceurs! quelles abomi-
nations! m'écriai-je à mon tour; ce
fut tout ce que je pus dire. La
voix me manqua, on crut que j'allais encore tomber dans un nouvel
anéantissement; mais la douleur
nous prête quelque fois des forces.

Est-il possible, repris-je, qu'il existe dans la nature des hommes aussi pervers et aussi odieux que le misérable que vous nommez? Son nom seul me fait horreur. Mon ami, dit madame de St-Sirant, nous avons peut-être été trop vîte. Il se pourrait très-bien que M. de Villemort.... Oh! voilà les femmes, interrompit M. de St-Sirant; elles se tiennent toutes par la main! Heureusement j'ai de quoi vous convaincre, ajouta-t-il, en tirant de sa poche un billet de mon écriture. Désavouez-vous ces caractères, Mademoiselle.... Non, Monsieur; mais je suis sûre qu'ils n'expriment rien dont je doive rougir. Il le relut tout haut, appuyant sur l'aveu que j'avais eu l'imprudence d'y faire. Achevez donc, Monsieur, lui dis-je ; Madame verra s'il fait preuve que j'aie jamais songé à accorder à ce malheureux homme l'entretien qu'il me demandait. J'ai aussi toutes ses lettres ; et celles qu'il m'a écrites ici, justifient heureusement de mon innocence..... Quelle innocence, grand Dieu! Croyez-moi, Mademoiselle, je sais tout, continua M. de St-Sirant : M. de Villemort ne m'a point caché qu'il était possesseur de votre cœur et de votre personne. Il me semble qu'on ne peut pas exiger un aveu plus clair; ainsi, après cela vous jugez quel fruit il vous reste à espérer de vos détours. Il n'a même tenu qu'à moi de lire tous vos billets doux. Ah! Madame, dis-je, en me retournant vers madame de St-Sirant! ah! Madame,

fut-il jamais un pareil monstre ? je
ne sais comment la terre ne s'en-
trouvre pas sous lui; moins encore
comment je ne succombe pas sous
le poids des calomnies dont il m'accable...... Non, non, interrompit
M. de St-Sirant, ce ne sont que des
médisances, et je dois convenir que
le pauvre reclus y a été un peu
forcé.... Mais, mon ami, reprit encore sa femme, écoutons les deux
parties; pour moi, je ne puis croire
ces horreurs. Mademoiselle, quelle
justification avez-vous à opposer ?
Pas d'autres, Madame, que la vérité aux mensonges les plus infâmes,
la droiture à la fourberie, la candeur et la pureté d'une conduite
soutenue en dépit de toutes les
viles séductions dont a essayé en
vain le plus méprisable des hommes.

C'était lui que je fuyais quand j'ai cherché à venir chez vous. Je me flattais d'avoir trouvé un asile où ma vertu serait à l'abri de ses persécutions ; à peine, l'infâme l'a-t-il eu découvert, qu'il m'a suivi, qu'il m'a écrit, qu'il m'a envoyé le valet de chambre de M. Calidant pour chercher ma réponse : celui-ci peut vous certifier ce qu'elle fut, et si je ne lui rendis pas la lettre de M. de Villemort...... Vous ne l'avez donc plus cette lettre, Mademoiselle?.... Oh! le bon subterfuge, dit M. de St-Sirant!..... Madame, repris-je, j'en ai une copie que j'avais tirée pour envoyer à une de mes amies, qui, dans tous les temps, m'a aidée de ses conseils. Eh bien! Mademoiselle, telle qu'elle est nous la montrerez-vous, ainsi que la lettre que M. de Villemort vous écrivit hier matin?.... Ah! celle que Mademoiselle a écrite hier soir; c'est celle-là qui doit être bonne à voir, dit M. de St-Sirant. L'attente d'un rendez-vous égaie l'imagination.... Madame, poursuivis-je, elles sont toutes dans mon écritoire; voilà la clef; je vous supplie de vous la faire apporter; vous verrez si j'écrivais cette nuit à d'autres qu'à mon amie madame de Renelle, et si mon imagination s'égaiait dans l'attente d'un rendez-vous..... M. de St-Sirant voulut aller chercher lui-même ce qu'il appelait mes prétendues preuves, en m'avertissant qu'il était bien aise d'assurer qu'il n'y avait point d'autres papiers dans ma chambre. Cela vous est très-permis, Monsieur, lui répondis-je, il est assez humiliant pour moi de descendre jusqu'à la justification de pareils faits, pour que je désire qu'il ne vous reste aucune espèce de doute. Il sortit.

Nous restâmes, Madame, mademoiselle de St.-Sirant, moi, Juliette et Sophie, que l'inhumain M. de St.-Sirant avait exigé qui fussent présentes, soit pour l'aider à me convaincre, soit pour me mortifier davantage. Elles conjurèrent toutes madame de St.-Sirant de m'être favorable. Moi, je ne lui demandai que de suspendre son jugement, mais je le lui demandai les larmes aux yeux, pénétrée et indignée de l'opprobre dont avait presque réussi M. de Villemort à me couvrir. Elle voulut savoir comment je m'étais liée avec lui, je le

contai naïvement ; elle m'apprit
aussi une partie de ce qui s'était
passé le matin ; et elle s'attendris-
sait sur mon sort, lorsque M. de
St.-Sirant rentra avec tout ce qu'il
avait pu rassembler de mes papiers.
Il en fit la lecture lui-même. Les
billets de M. de Villemort, ni la
copie de son avant-lettre ne l'ébran-
lèrent pas; mais la seconde , à laquelle était attachée une copie de
ma réponse, le frappa d'étonnement
et de confusion. Il s'arrêtait à chaque phrase, comme pour la méditer ; une secrète horreur mêlée de
joie , se répandit sur la physionomie de madame de St.-Sirant ; chacun écoutait en silence ; il pour-
suivit jusqu'à la fin de la lettre qui
était adressée à madame de Renelle.
(On ne rapporte point ici cette lettre,

parce qu'elle ne contenait que des détails qui formeraient des répétitions, et que d'ailleurs elle ne partit point, vu les changemens des circonstances.) Cette lecture achevée, M. de St.-Sirant resta sans proférer une parole; je crois qu'il aurait mieux aimé me trouver coupable, que d'avoir à se repentir de tous les outrages que m'avait attirés son impérieuse crédulité : car il suffisait qu'il eût paru convaincu d'une chose pour qu'il fût au-dessus de ses forces de se rétracter. Obligé enfin de parler, je ne conçois plus rien aux hommes, nous dit-il; cependant voici, je l'avoue, de très-fortes inductions contre M. de Villemort..... Des inductions, mon ami ! reprit madame de St.-Sirant, assurément ce sont bien des preuves non équivoque que ce jeune homme est un coquin et un scélérat à pendre. Jamais il n'y eut de noirceur si préméditée: comment inventer de semblables calomnies dans la vue de perdre une fille digne d'estime et d'admiration ? Cela révolte la nature ; les lois ne devraient pas laisser de tels crimes impunis. Mademoiselle , que d'excuses ne vous devons-nous pas ? Au moins voyez par quelle chaîne ce misérable nous a induits en erreur ; il était presque impossible, quelque bonne opinion, qu'on eût de vous, et moi en particulier, de ne pas y donner une certaine créance ; mais nos regrets et notre indignation vous vengent. S'il était d'autres moyens de punir le coupable..... Ah! il en est, interrompit M. de St.-Sirant ; s'il m'en a imposé, c'est moi qu'il a insulté doublement, et je sais ce que j'ai à faire. Mais le sieur Calidant ne peut-il point être entré pour quelque chose dans tout ceci ? Il faut l'envoyer prier de venir. Mademoiselle De*** en sera plus complètement justifiée, et nous encore mieux éclaircis. Monsieur, lui dis-je, je ne crains pas plus les derniers éclaircissemens que les premiers ; ma sécurité se puise dans la source de l'innocence même. Ce précieux témoignage m'eût suffi, si je n'avais pas senti que ma réputation restait ternie, et l'estime de madame de St.-Sirant perdue pour moi sans retour..... La mienne vous importait donc peu, Mademoisselle ?..... La vôtre, Monsieur ? à en juger par l'injurieuse manière dont vous m'a-

vez traitée; je n'étais pas fondée à
y compter. Madame de St.-Sirant
se hâta de me couper la parole pour
sauver son mari de mes reproches,
et me consoler, autant qu'il dépendait d'elle, de la scène humiliante
que je venais d'essuyer. Elle finit,
mais elle avait gravé dans mon ame
des impressions difficiles à effacer.

Toute la machine avait tellement
souffert, que je tombai dans un
abattement affreux. On jugea à propos de le dérober aux yeux des domestiques : madame de S.-Sirant me
fit coucher, et ne me quitta pas une
minute ; ses soins, ses attentions,
sa tendre sensibilité furent une sorte
de réparation et d'adoucissement
dans mon malheur. Son mari, sans
sortir de son caractère, était aussi
plus touché qu'il n'aurait voulu le

paraître. Ces hommes hauts et durs,
semblent n'être sujets aux mouvemens d'humanité que pour leur propre supplice. Pleins d'une probité
austère par état, ce n'est point la
vertu qu'ils prisent, c'est la gloire
de ne pas déroger à celle qu'on exige
des personnes de leur rang; et ils
immoleraient la réputation de ceux
qui ne tiennent point à eux au plus
léger intérêt qui compromettrait
leur vanité. Il ordonna cependant le
plus profond secret à nos femmes,
et aux domestiques qui pouvaient
être instruits; mais c'était autant
pour l'honneur de sa maison que
pour le mien. Mademoiselle de St.-
Sirant, à qui il avait défendu de me
parler, fut réhabilitée dans tous les
droits que donne l'amitié; il lui pres-
crivit même de rester jour et nuit

près de moi, si je le désirais. Néanmoins il n'était pas encore tout-à-
fait revenu de ses préventions. Sur
le soir il envoya prier M. Calidant
de le venir voir pour une affaire extrêmement pressée. Le domestique
rapporta qu'il n'était pas chez lui.
Cela est-il bien positif, demanda
M. de St.-Sirant ?..... Monsieur, je
le crois, répondit-il, car tous ses
gens se sont accordés à dire qu'il
était parti en sortant de table, parce
que ce Monsieur qui est chez lui s'est
trouvé fort mal. Il a présumé que
ce pourrait être les avant-coureurs
de la petite vérole, et il l'a laissé
d'autant plus vîte entre les mains
du chirurgien du village, que les
deux domestiques qui étaient attaqués de cette maladie, sont morts
cette nuit; cela l'a beaucoup effrayé.

Et dit-on si c'est effectivement la petite vérole qu'a M. de Villemort, demanda madame de St.-Sirant ?... Madame, elle ne paraît pas encore, mais il a tous les mêmes symptômes qu'ont eus les autres. On ajoute qu'il est déjà frappé qu'il en mourra, et que dans son transport il se plaint amèrement de M. Calidant comme d'un traître qui l'abandonne.

Chacun fit ses commentaires sur la nature de cet évènement. Madame de St.-Sirant l'attribua à une punition du ciel. Dieu veuille le pénétrer du repentir de ses fautes, disait-elle ; il est à portée des secours spirituels : le curé de Calidant est un saint homme. Moi, je penchais un peu vers l'opinion de M. de St.-Sirant, qui doutait de la vérité du fait. Tout ceci a l'air d'une nouvelle imposture arrangée à plaisir, disait-il ; il serait bien singulier que Calidant, qui est resté chez lui, tandis que ses gens avaient la petite vérole, en partît au moment où elle prend à son ami. Sûrement ils ont eu plus de peur que moi de la maladie, et ils se sont esquivés tous deux.

Le reste de la soirée se passa ainsi en réflexions : on juge quelles pouvaient être les miennes, et combien peu j'étais en état d'en faire part. Tout le monde se retira vers minuit ; mais Sophie ne voulut point me quitter ; et comme si je n'eusse cherché qu'à nourrir ma douleur, je me plaisais à faire raconter à cette fille les sinistres aventures de la veille. Dès le point du jour on vint l'appeler. C'était encore le perfide Larose ; il

voulait à toute force me parler de la
part de son maître, et me faire, disait-il, ses derniers adieux. Sophie,
après l'avoir accablé d'injures, de
refus, et surement de questions,
vint me demander si, au lieu de me
l'amener, elle ne ferait pas bien de
le conduire chez M. de St.-Sirant ?
Là, disait-elle, on obligera bien ce
scélérat à révéler tous les forfaits de
son maître. Gardons-nous en, lui
répondis-je ; M. de St.-Sirant est
trop emporté ; congédiez même ce
misérable au plus vîte ; je ne voudrais pas que ma justification coutât
une goûte de sang au dernier des
hommes ; j'ai pour moi mon innocence, j'espère qu'elle triomphera.
Sophie s'en fut ; un instant après
elle rentra, une lettre à la main :
reporte-la, lui-dis-je avec indigna-

tion, je ne puis rien voir ni toucher de ce qui vient de ce malheureux... mais Mademoiselle, il ne voudra pas la reprendre, que risquez-vous ? Elle vous servira peut - être à achever de détruire les derniers soupçons de M. de St.-Sirant..... Non, repris-je, il ne peut sortir de cette plume que des traits empoisonnés; mets-y une enveloppe, si tu veux, et délivre-moi pour toujours de ces persécuteurs. Larose, l'indigne Larose, trompé effectivement par la seconde enveloppe, reprit la lettre et s'en fut.

Madame de St.-Sirant à qui je ne jugeai pas à propos de cacher cette particularité, blâma beaucoup ma précipitation. Que ne me faisiez-vous appeler me dit-elle ? Hélas, Madame, lui répondis-je, après les malheurs que j'éprouve, il est per-

mis de tout craindre! Qu'attendre
de la part d'un monstre tel que M. de
Villemort, si ce n'est de nouvelles
atrocités? Que savez-vous, reprit-
elle, s'il ne cherche pas à expier
ses crimes par une réparation au-
thentique? Peu de scélérats voient
approcher leur dernière heure d'un
œil tranquille ; les jugemens de
l'Eternel se font entendre, et tôt
ou tard on rend hommage à la vertu.

M. de St.-Sirant que rien ne pouvait bien persuader de la maladie
de M. de Villemort, ni peut-être
de tout le reste, s'imagina d'écrire
au curé de Calidant, et, de son côté,
il nous en fit un mystère jusqu'à ce
qu'il eût reçu la réponse suivante.

FIN DU PREMIER VOLUME.

www.ingramcontent.com/pod-product-compliance
Lightning Source LLC
Chambersburg PA
CBHW050154030726
47505CB00005B/1367